SHAKESPEARE
that is the question

シェイクスピア、それが問題だ!

シェイクスピアを楽しみ尽くすための百問百答

井出 新
[著]

大修館書店

Q0　シェイクスピアの何が問題ですか？——まえがきに代えて

世界中で名前を知られているわりには、とても謎の多い人物がシェイクスピアです。そもそも実在したのかしないのか、いつ生まれたのか、どうやって芝居の世界に入ったのか、どんな思想信条を持っていたのか、わからない問題だらけです。それもそのはず、彼の人となりを明らかにするような日記や備忘録、手紙の類いが残されていませんし、評伝的資料も限られています。残されたのは彼の名前が冠された戯曲三七作品(と数作品)、そしていくつかの詩集のみ。

ではどうすればシェイクスピアについて知ることができるのか、それが問題です。いやいや、私たち読者が戯曲それ自体を主体的に理解し楽しむことが重要なのだから、劇作家自身について知る必要はない、という考え方もあるでしょう。しかし台詞を構築する重層的な言葉、その言葉に漲《みなぎ》る柔軟な知性に魅了されるうちに、この作品を書いた劇作家はどういう人間なのだろう、どのような状況で作品を書いたのだろう、と考え始めるのは至極当然のことでしょう。そうした問題を考える手がかりとなるのは、私たちの手元に残された作品、僅《わず》かな評伝的資料や伝説、そしてイギリス・ルネサンス期の演劇や文化、社会、宗教に関する学問的研究が明らかにしてきた知見です。それらを総動員してシェイクスピアという劇作家や彼の仕事ぶりを再構築することはある程度可能ですし、多くの優れた研究がその手法の有効性を証明してくれています。

それでは私たちはどこからシェイクスピアに近づけばいいのか、それも問題です。一番の近道は、残された作品をまずは日本語で、次に原文で読むことでしょう。もちろんひとっ飛びに翻訳や原文に親しんでいただければそれでよいのですが、本書が目指すのは、その前に、気軽にシェイクスピアという作家を知り、彼の作品を読み始めていただくための、言わば水先案内人を務めることです。

そこでまずシェイクスピアの人物像に関するQ＆Aを第一部、文化的背景のQ＆Aを第二部、作品に関するQ＆Aを第三部に並べました。ただ、たくさんの項目を目にすると、作品を読み始める前に「全部読めばいいのか、いけないのか、それが問題だ」と悩むことにもなりますから、順番にではなく、興味の赴くまま読み進めても、サクッと理解できるように工夫してあります。また、同じテーマを扱っている他の項目に飛べるように相互参照を付け、各部末の「クローズアップ」にはいくつかのトピックスに関する詳細な情報をまとめました。

そしていよいよ作品に親しもうと思ったら、第四部をご覧ください。台本や原文の読み方に焦点を当てています。ただ、細かいことにはあまりこだわらず、とにかく楽しんで作品を読んでいくことが大切です。もしかすると「いやいや、シェイクスピアや彼の作品を読むために一番大事なことは何か、その問題をどうしても最初に知っておきたい」という殊勝な心構えの方がいらっしゃるかもしれません。そこで、本書を始めるにあたり、Q０として、ハムレットの有名な台詞から、そのことを手短に押さえておきましょう。

宮廷での出世を目論《もくろ》むローゼンクランツとギルデンスターンが、友人ハムレットの本心を知ろうと食い下がる場面、ハムレットは手に持っていた笛を吹くよう彼らに頼みます。それを拒絶する友人たちにハムレットが語る台詞がこれです――「俺を見くびるのもいい加減にしろ。俺なら吹きこなせる、押さえどころもわかっている、心の秘密も引きずり出せる、低音から高音まで全音域の声音を引き出せるというわけか。この小さな楽器には豊かな音楽、見事な響きが宿っているのに、それすら君は奏でられない。ふざけるな、笛より簡単にこの俺を吹きこなせるとでも思っているのか?」(3.2.351-58)*

なぜ二人はハムレットの本音を聞けないのでしょう? 理由は明白、彼らはハムレットすなわち他者に対する尊敬と友情を持ち合わせていないのです。

面識のない私たちがシェイクスピアに対して尊敬や愛情を抱くことは不可能でしょう。しかし作品、言い換えれば他者の知性に対して、愛情をもって接することはできますし、そういう姿勢で接した時、初めて私たちに開示される意味/本音があるはずです。一番大切なのは、人に対してと同様、作品に対して愛情を持って接すること――ハムレットが笛の譬《たと》えを通して教えてくれるのは、そういうことだと思うのです。

*本書でシェイクスピアの作品から引用を行う場合の幕・場・引用行数は、「大修館シェイクスピア双書」に収録されている作品は「双書」に、それ以外は Stanley Wells and Gary Taylor, eds. *William Shakespeare: The Complete Works*, Second Edition (Oxford: Clarendon Press, 2005) に拠っています。

シェイクスピア、それが問題だ！

目次

2. どんな時代でしたか？

3. どんな作品ですか？

シェイクスピア、それが問題だ!

——シェイクスピアを楽しみ尽くす百問百答

SHAKESPEARE
that is the question

1.
シェイクスピアって どんな人？

Q.1　シェイクスピアってどんな人？

There's no art / To find the mind's construction in the face.

(*Macbeth*, 1.4.11–12)

ウィリアム・シェイクスピアがモデルと伝えられる肖像画があります。［⇩表紙］襟をゆるめ紐を垂らしている様子からすると仕事の合間でしょうか。左耳には自由奔放な詩人を象徴するかのようなイヤリング。イケメンかどうかは見方次第ですが、なかなかの個性的な風貌です。これほどリラックスしたシェイクスピアの肖像画は他にはありません。明らかにこれを描いた画家は彼と親密で快適な友人関係を築いていたと想像できます。肖像画の所蔵者だったチャンドス公爵ジェイムズ・ブリッジズ（一七三一〜一七八九）に因《ちな》んで「チャンドス・ポートレイト」と呼ばれるこの肖像画は、どうやらジョセフ・テイラー（一五八六〜一六五二）という俳優仲間によって描かれたらしいのです。

シェイクスピアは長い間ロンドンの劇団集団の世界で生きてきた人物です。ストラトフォードで亡くなったのも、ロンドンから仕事仲間が訪ねてきて一緒に痛飲したのが原因という伝説も残っているほどですから、彼にとって演劇関係者は心の結びつきの強い、家族のような存在だったはずです。シェイクスピアを描いたテイラーは、一六一一年にはすでにロンドンの演劇界で俳優として頭角を現し、後にシェイクスピアの国王一座に加入して看板俳優となりますが、演技だけでなく絵の才能もあったようです。テイラーは休憩中のシェイクスピアを口説き落としてモデルになってもらい、一方シェイクスピアも、同業者テイラーに気を許し、芝居の話でもしながら、素の自分を描かせていたのかもしれません。

Q.2 実在の人物ですか？

Men that make / Envy and crooked malice nourishment / Dare bite the best.

(*King Henry VIII*, 5.2.77–79)

もちろん実在の人物です。しかしローランド・エメリッヒ監督の映画『アノニマス』（二〇一一、邦題は『もう一人のシェイクスピア』）で脚光を浴びた反ストラトフォード派のように、「一人で四〇本近い芝居を書いた人気劇作家なのに自筆原稿が一枚も残っていないのはおかしい、きっとシェイクスピアは字もろくに書けないような役者にすぎず、芝居を書いたのは彼の名前を隠れ蓑《みの》にした別人に違いない」と主張する人々がいます。シェイクスピアに代わる候補者としては、エリザベス朝の文人フランシス・ベーコン（一五六一〜一六二六）、劇作家クリストファー・マーロウ（一五六四〜九三）、第十七代オックスフォード伯エドワード・ド・ヴィア（一五五〇〜一六〇四）など。最近では劇作を請け負っていたシンジケートが存在したという説も。

しかし自筆原稿が一枚も残っていない劇作家はシェイクスピアに限ったことではありません。いくつかの例外を除いて、当時の劇作家の自筆原稿はほとんどすべてが散逸しています。劇作家の自筆原稿を、劇団も書籍商も、さらには劇作家自身も、価値あるものと見なさなかったからです。こうした歴史的文脈がよく知られ、定説を裏付ける証拠が少なからず存在するにもかかわらず、シェイクスピアを劇作家として認めない態度の背後には、大学教育もろくに受けていない人物に、これほどの作品群が書けるはずはないという根拠のない偏見があるのでしょう。きっとシェイクスピアなら「ゆがんだ悪意を糧にする者は、善良な人々を餌食にする」と言うかもしれませんね。

Q.3　生まれはどこですか？

Come hither, come hither, come hither. / Here shall he see / No enemy / But winter and rough weather.

(*As You Like It*, 2.5.5–8.)

イングランド中部の州ウォリックシャーにある町、ストラトフォード・アポン・エイヴォンです。コッツウォルズという美しい丘陵地帯の北側に位置し、羊毛産業が中世から盛んで、今でも古い藁葺《わらぶき》屋根や蜂蜜色の美しい家並みが残っています。当時、ストラトフォードは、一人の町長と町会議員や参事会員が市政を司る自治体で、商業のたいへん盛んな市場町でした。ロンドンの有名な劇団も数多くこの町を巡業公演のために訪れています。近隣の村の若者たちは、豊かな暮らしを求めてこの町へと移り住みましたが、シェイクスピアの父親もその一人でした。息子ウィリアムが生まれる七、八年前には、生家（図）のあるヘンリー・ストリートに居を構えていたようです。

地誌学者ウィリアム・キャムデン（一五五一～一六二三）が「ウォリックシャーはフェルドンと森林地帯の二つの地域に分かれている」と言うように、町の南には「フエルドン」と呼ばれる牧草地、そして北には森林地帯が広がっていました。『お気に召すまま』で描かれる「アーデンの森」は、町の北西の村ウィルムコートにあった母メアリ（旧姓アーデン）の実家をシェイクスピアが訪れた際、しばしば足を踏み入れた森に着想を得ていたのかもしれません。

Q.4　誕生日はいつですか？

It is my birthday. / I had thought t'have held it poor.

(*Anthony & Cleopatra*, 3.13.189–90)

イギリスには日本のような戸籍制度がありません。ですからシェイクスピアの生年月日もわからないのです。ただ、当時は子どもが生まれると、その週の日曜日、もしくは最初の教会祝祭日に、教区教会で幼児洗礼を授けてもらう習慣がありました。シェイクスピアの誕生についてわかっているのは、その受洗記録だけです。彼はジョン・ブレッチガードルという牧師から一五六四年四月二六日に幼児洗礼を受けており、記録簿には「ヨハネス（＝ジョン）・シェイクスピアの息子グリエルムス（＝ウイリアム）」(Gulielmus, filius Johannes Shakspere) との記載があります。

　この日が受洗日になるには、四月二一日・二二日・二三日が誕生日になるはずですが、どの日であるかは特定できません。たまたま二三日がイングランドの守護聖人セント・ジョージを祝う国民的祝祭日であり、国民的詩人の誕生を祝う日としてもふさわしいという理由で、伝統的に四月二三日を誕生日としています。しかも彼が没したのは一六一六年四月二三日ですから、なおさらシェイクスピアの誕生日にはこのドラマティックな日付が似合っている気がしませんか？

　現在、ストラトフォード・アポン・エイヴォンでは、その日になると町の人たちが劇団の団員たちとともに、シェイクスピア劇の登場人物に扮して町を練り歩き、シェイクスピアの墓があるホーリー・トリニティー教会に行って墓に花束を手向けるのが恒例行事。シェイクスピアは町おこしにも大きな役割を果たしているのですね。

Q.5　両親はどんな人でしたか？

You have begot me, bred me, lov'd me.

(*King Lear*, 1.1.95)

父の名はジョン。ストラトフォード近くの村スニッターフィールドに住んでいましたが、牧畜や農業に飽きたらず、一五五〇年前後にストラトフォードへ移り住み、手袋職人になりました。彼が結婚したのは一五五八年前後のこと。相手はメアリ・アーデン（?～一六〇八）という、裕福な農家の末娘でした［⇩Q3］。アーデン家はウォリックシャーでも由緒正しい家柄で、ノルマン征服以前にまで家系を遡ることができるそうです。ジョンは町での信望が厚かったようで、一五六五年に参事会員の一人に選ばれ、一五六八年（シェイクスピアが四歳の時）にはストラトフォードの市長を務めています。

しかし幸せは長続きしませんでした。父ジョンは商売を広げるために不動産投資や羊毛の不法取引などを重ねますが、投資がすべて裏目に出て借財まみれとなり、一五九一年には、負債に対する法的処置を恐れて、教区教会に顔向けできないほど落ちぶれてしまいます。毎週の教会出席が義務付けられていた当時、ジョンが教会へ行けなかったのは、彼が国教会の弾圧するカトリック信仰を持っていたからかもしれませんが、それ以上に、一家が破産状態だったことを示唆しています。

こうしてみると、シェイクスピアはかなり裕福な家庭に生まれたわけですが、青春時代を迎える頃には、家族ともども地域社会で生活を営むことすら難しい状況に直面していたようです。青年シェイクスピアは、父の繁栄と没落を、その瞳に焼き付けて育った人物だったと言えそうです。

Q.6　兄弟はいましたか？

We came into the world like brother and brother.

(*The Comedy of Errors*, 5.1.429)

シェイクスピアにも弟や妹たちがいました。ジョウンとマーガレットという二人の姉もいたのですが、幼くして他界しています。すぐ下の次男がギルバート（一五六六～一六一二）、ストラトフォードで小間物商を生業にしていました。『冬物語』に登場する小間物商オートリカス（図）を描く時には、弟の商売からヒントを得ることも多かったことでしょう。三男リチャード（一五七四～一六一三）については殆《ほとん》どわかっていません。

シェイクスピアが可愛がっていたのは末っ子のエドマンド（一五八〇～一六〇七）だったかもしれません。彼は長兄の後を追ってロンドンに上京し、職業俳優になりました。どの劇団に属していたかはわかりませんが、頭角をあらわすことなく二七歳で没します。無名の役者にしては、葬式はかなり立派なものでした。その頃ロンドンで成功して資産家になっていたシェイクスピアが、弟のために精一杯の盛大な葬式をあげてやったに違いありません。妹はジョウン（一五六九～一六四九）とアン（一五七一～七九）。ジョウンは帽子屋ウィリアム・ハートと結婚し、生活はかなり苦しかったようです。シェイクスピアは遺書で彼女にかなりの財産を残しています。弟・妹おもいの長男シェイクスピアが目に浮かびます。

Q.7　勉強は得意でしたか？

Then the whining schoolboy, with his satchel / And shining morning face, creeping like snail / Unwillingly to school.

(*As You Like It*, 2.7.144–46)

天才が必ずしも優等生だったとは限りません。シェイクスピアはこの頃の一般的な子供たちと同様、四～五歳の時から公教育を受けていたと思われます。ストラトフォードには立派なグラマー・スクール（図）があり、オックスフォード大学出身の先生が教鞭《きょうべん》を執っていました。

始業は朝六時。朝食と昼食の休みをはさんで夕方五時に終業。もっぱら古典学習を通してラテン語の読み書きを習いました。『ウィンザーの陽気な女房たち』（4.1.14–74）でラテン語の格変化を暗誦させられる（あまり出来の良くない）ウィリアムは、シェイクスピアの少年時代を彷彿とさせます。

優秀な生徒は貧しくとも奨学金を得て大学に進学できたのですが、そういう子どもはほんの一握りで、殆《ほとん》どは親の仕事を手伝ったり、職人の家で丁稚《でっち》奉公をしたりして手に職を付けます。シェイクスピアも大学へは行かず、かといって父親の破産で家業も継げず、知り合いから短期の仕事をもらって食いつないでいたのかもしれません。

「学校に行きたくなくて、カタツムリのようにノロノロ歩き」――標題下の引用のように、彼はいくつかの作品で学校に言及していますが、なぜか好意的なものはひとつもありません。厳しい学校には嫌な思い出が多かったのでしょうか。

Q.8　どんな恋をしましたか？

The course of true love never did run smooth; / But either it was different in blood ... / Or else misgraffed in respect of years.

(*A Midsummer Night's Dream*, 1.1.134–37)

恋の病にシェイクスピアが何度罹《かか》ったかはわかりませんが、少なくとも一八歳の夏に生涯忘れられない恋をしたことは確実です。自宅から西に歩いて三〇分ほどのショタリー村にハサウェイ家という裕福な農家があり、恋の相手はその家の長女アン（一五五五?～一六二三）でした。彼女は八歳年上の女性でしたが、もちろん年の差はあまり問題ではなかったかもしれません、「真実の愛は決して平坦ではなく…年が釣り合わないこともある」のですから。結婚する気だったのか、戯れのつもりだったのか知る由もありませんが、彼はアンを口説いて（もしくはアンに口説かれて）情熱的な一夜を過ごします。逢瀬を重ねて十一月、彼女の妊娠が発覚。二人は急いで結婚の手続きをとり、所帯をもちました。長女スザンナが生まれたのは翌年の五月でした。

当時の女性の結婚平均年齢は二十六歳前後。アンにしてみれば、そろそろ良いお相手を見つけて幸せな家庭を築きたい年頃です。一方シェイクスピアはと言えば、経済的安定もままならず、結婚など考えられる状況にはありません。それでもアンが心も身体も許してしまったのは、シェイクスピアの容貌に魅力があったか、もしくは（こちらの方が十分考えられることですが）口説き文句が天才的にうまかったからに違いありません。彼はおそらくアンの持参金で小さな家を買うか借りるかして暮らし始めたのでしょう。二人がどこの教会で挙式をしたかはわかっていません。夏の燃えるような恋、妊娠の告白、そして無謀とも思えるような結婚。なんともドラマティックです。

Q.9　どんな結婚生活でしたか？

Then let thy love be younger than thyself, / Or thy affection cannot hold the bent; / For women are as roses, whose fair flow'r / Being once display'd, doth fall that very hour.

(*Twelfth Night,* 2.4.36–39)

恋人に妊娠を告げられ、結婚に踏み切ったシェイクスピア。甘美なロマンスの後に待ちかまえていたのは、結婚生活という現実でした。結婚した翌年の五月に長女スザンナ、そして一五八五年二月には男女の双子が誕生します。二〇歳にして三人の子持ち！　さらに驚かされるのは、シェイクスピアが双子の誕生後しばらくして、ストラトフォードに妻子を残し、ロンドンに一人旅立ってしまうことです。妻に対する愛が冷めて故郷を捨てたのでしょうか？

　確かに『十二夜』にはこんな台詞が出てきます――「恋人は年下にしろ。さもないとお前の愛情は長くは続くまい。女とはバラのよう、美しく咲いてしまえば、もう次の瞬間には散ってしまうものだ。」しかし彼が劇作家として成功した後、父親にジェントルマンの地位を買い与え、ロンドンで故郷の友人たちとの交流を続けたことを考えれば、妻子を捨てたわけではなかったようです。むしろアンや親族と相談した上で、彼は単身ロンドンで稼ぐ道を選んだのです。夫婦が便宜的に別れ住み、協働することが、それぞれ自立し、社会的信用も損なわずに済む唯一の打開策でした。

　もちろん週末に新幹線で帰って来られる単身赴任とはわけが違います。ロンドンから故郷までは少なくとも三日、しかもかなりの費用がかかりますから、状況としては殆《ほとん》ど離別と変わりません。夫婦は貧しさという境遇を分かち合い、さらには親しい人々にも助けてもらいながら、お互いの自立を目指したのでしょう。家族のあり方は十人十色なのです。

夫が都へと旅立ってから、アンはどんな暮らしをしていたのでしょう？

女性が働いて家計の手助けをすることはよくありました。副業としてポピュラーだったのは編み物です。義理の弟ギルバートは小間物を売り歩く商売をしていましたので［⇩Q6］、編み上げた商品を彼に引き取ってもらい、小銭を稼いだことは十分考えられます。しかしそれだけでは家族を支えることはできなかったでしょう。

現在わかっているのはアンが「エール」と呼ばれる醸造酒の生産に関わっていたことです。記録によれば、彼女は醸造・蒸留酒用のモルトを所持しています。親戚や友人の手解《てほど》きで始めた醸造の仕事が、アンに生きる活路を与えたのでしょう。しかもそれがかなりの収入をもたらしていたようで、

Q.10 どんな奥さんでしたか？

I do think it is their husbands' faults / If wives do fall.

(*Othello*, 4.3.90–91)

一六〇〇年代になると彼女は金貸し業にも手を染めています。シェイクスピアが一五九七年に「ニュー・プレイス」と呼ばれる、町で二番目に大きな屋敷を六〇ポンドで購入したのも、アンの決断だったのかもしれません。シェイクスピアもかなり出資したようですが、家屋の購入や改装、部屋の賃貸など、実際に力を発揮したのは、屋敷に住むアン本人だったはずです。

こうしてみると、ストラトフォードに残されたアンは、悲劇のヒロインではなかったことがわかります。彼女は家事や家計を切り盛りするだけでなく、地域の人々や親類縁者と相互協力しながら子どもを育て、寄宿人や下男下女を家に住まわせながら所帯を守り、手広く商いをして地域経済に貢献する、自立した女性だったのです。

Q.11　どんな子供たちでしたか？

The life, the right and truth of all this realm / Is fled to heaven!

(*King John*, 4.3.145–46)

シェイクスピアには子供が三人いました。長女スザンナ、そして男女の双子ハムネットとジュディスです。スザンナはジョン・ホールというストラトフォードの開業医と一六〇七年六月五日に結婚しました。ホールは町でも人々から信頼される名医だったそうです。一時、裁判沙汰に巻き込まれるトラブルもありましたが［⇩Q33］、スザンナが一六四九年に没した時、墓碑銘の筆者は彼女を「女性とは思えぬほどの機知に富み」、父シェイクスピアを偲《しの》ばせるところがあると評しています。

長男ハムネットと次女ジュディスの名前は、シェイクスピアが近隣に住む彼の長年の友人サドラー夫妻に因《ちな》んでつけたものです。ジュディスはストラトフォードでワイン商人をしていたトマス・クワイニーと一六一六年二月一〇日に結婚し、一六六二年まで長生きしました。ただし結婚生活の方は夫のスキャンダルや訴訟で必ずしも幸せなものではなかったようです。［⇩Q34］

ハムネットは一五九六年、一一歳の時、つまりシェイクスピア自身がロンドンで売れっ子になった頃、亡くなっています。死因は不明です。同じ頃に書かれた戯曲『ジョン王』には、城壁から飛び降りて死んでしまうジョン王の甥アーサーという人物が登場します。史実では一六歳の青年ですが、シェイクスピアは彼を子ども（infant）、つまり一四歳以下の少年として描いています。「命も、この国の正義も真実も、天国へ飛び去ってしまった！」という台詞は、愛しい息子へのささやかなオマージュだったのかもしれません。

Q.12 芝居を書く前は何をしていましたか？

My thrice-puissant liege / Is in the very May-morn of his youth, / Ripe for exploits and mighty enterprises.

(*King Henry V,* 1.2.119–21)

双子が生まれた一五八五年から、ロンドンの「成り上がり」劇作家［⇩Q19］として言及される一五九二年まで、何をしていたかは全くの謎です。研究者たちはその期間を「失われた年月《ロスト・イヤーズ》」と呼び、色々な推測をしてきました。弁護士、家庭教師、はたまた軍人だったという説も。

魅力的なのは、アンと結婚する前にすでに俳優としての道を歩み始めていたという説。その推測に信憑性を与えるのは、ランカシャー在住の郷士アレグザンダー・ホートンが一五八一年に作成した遺書です。彼はその中で、自分が召し抱えているウィリアム・シェイクシャフトという「演じ手《プレイヤー》」に目をかけてやってほしい、と述べています。シェイクスピア一族はシェイクシャフトという名でもしばしば呼ばれていましたし、シェイクスピアが学校でお世話になったジョン・コタム校長はランカシャー出身、しかもホートン家と親しい交流がありました。少年シェイクスピアは校長先生の紹介状を持ってホートン家（図）の屋敷の門をくぐったのかもしれません。

しかし一方で、同名の人物が当時、その地域に多く存在していたこともわかっているので、この「演じ手」が必ずしもシェイクスピア本人だとは限りません。「失われた年月」は今も謎のままなのです。

ストラトフォードにはロンドンの有名な劇団がしばしば訪れ、市役所や旅籠《はたご》などで芝居興行を打ちました（図は旅芸人と興行の様子を描いたもの）。実際、一五八三年から八四年にかけては三つの劇団が、八六年から八七年にかけては五つの劇団が、巡業先としてこの町を選んでおり、その中には人気喜劇役者リチャード・タールトン（?〜一五八八）が所属する女王一座も含まれています。シェイクスピアは地方巡業にやってきた劇団員たちと親交を結び、芝居の世界に飛び込んでいったのかもしれません。また、もし彼が若い時に郷士ホートンに召し抱えられていたとすれば［⇩Q12］、地縁をたよりに有力なパトロンと知り合いになり、ロンドンの演劇界に入ったという道筋も考えられます。いずれにせよ芝居の世界に入るための機会は彼の身近に少なからず存在し、その世界はかなり魅力的だったということでしょう。

ただ、学校［⇩Q７］の古典学習でラテン語の演劇に親しむ機会はあったものの、それだけで一足飛びに劇作家になれたとは到底考えられません。伝説によれば、ロンドンに上京したばかりの頃、シェイクスピアは劇場の馬留めで馬番をしていたとか。誰にでも下積み時代はあるものです。

Q.13 どのように芝居の世界に入ったのですか？

'Tis ever common / That men are merriest when they are from home.

(*King Henry V*, 1.2.271–72)

シェイクスピアがどういう順番で戯曲を書いていったのか、記録が少ないため正確にはわかりません。ただ少なくとも確実に言えるのは、彼の名を初めてロンドン中に知らしめたのは、歴史劇『ヘンリー六世』三部作だったということです。トマス・ナッシュ（一五六七～一六〇一？）という当時の文士は、「少なくとも一万人の観客」がその舞台に酔いしれ、第一部に登場する勇猛な戦士トールボットの死に何度も涙を流したと書いています。シェイクスピアは薔薇《ばら》戦争を題材にした歴史活劇の三部作（『リチャード三世』を合わせると四部作）によって観客を熱狂させ、一躍人気劇作家となったのです。エリザベス朝「歴史劇」ブームの火付け役だったと言えるでしょう。［⇩クローズアップ1］

Q.14 処女作は何という作品ですか？

A poor virgin, sir, an ill-favour'd thing, sir, but mine own.

(*As You Like It*, 5.4.56–57)

シェイクスピアは劇作家もさることながら、詩人になることを目指してもいました。ロンドンにペストが大流行した一五九二年から九三年にかけて、劇場は閉鎖されてしまいましたが、彼はその間に、処女詩集『ヴィーナスとアドーニス』（一五九三年出版）を完成させています。禍を転じて福となすシェイクスピア、さすがです。この作品は古代ローマの詩人オウィディウスの作品を模したエロティックな小叙事詩で、これが一六四〇年までに一六版を重ねるほどの大人気でした［⇩Q17］。初版を出版したのはシェイクスピアと同郷の友人でロンドンの書籍商リチャード・フィールド（一五六一～一六二四）。やはり詩人としてのデビュー作は、信頼できる友人に印刷してもらいたかったのでしょうか。

Q.15 所属していた劇団はありますか？

Good Lord Chamberlain, / Go give'em welcome.

(*King Henry VIII*, 1.4.56–57)

シェイクスピアの所属していた劇団が正確にわかるのは、ようやく一五九四年になってからです。その年のクリスマス・シーズンに、宮内大臣一座《チェンバレンズ・メン》がエリザベス女王の前で公演を行っているのですが、その時の劇団幹部への報酬支払記録にシェイクスピアの名前が出てきます。受取人として彼とともに名を連ねているのは、当時、大人気の道化役者ウィリアム・ケンプ（一五六〇?〜一六〇三?）、そして当代きっての名優リチャード・バーベッジ（一五六八〜一六一九）。宮内大臣一座はこの年、この三人をはじめとする幹部俳優たちを中心に、新メンバーで再結成されたばかりでした。

彼らの劇団は、幹部俳優が出資し合って自分たちの劇場を取得し、劇団経営に全責任を負いました。また、親方として女形を演じる子役の演技や台詞回しを指導し、みんなで寝食を共にしながら地方都市を巡業しました。シェイクスピアがロンドンで自分の居場所を見つけたのは、そうした男同士の絆の強い集団だったのです。彼は役者としてしばしば舞台に立ったようですが、もっぱら自分の劇団のためにだけ芝居を書く（当時としては珍しい）座付きの劇作家として活躍しました。一座のパトロンは宮内大臣ハンズドン卿ヘンリー・ケアリー（一五二四?〜一五九六）。彼の死後は長男ジョージ（一五四七〜一六〇三）がその任を継承しました。ケアリー家は積極的に詩人たちを庇護したことでも知られています。やがて一六〇三年にジョージが宮内大臣を辞した後、一座は国王ジェイムズという最強のパトロンを得ることになります。

Q.16 地方巡業にも行きましたか？

How chances it they travel? Their residence both in reputation and profit was better both ways.

(*Hamlet*, 2.2.325–26)

もちろん行きました。例えば一五九四年から一六〇三年にかけて、シェイクスピアの劇団が訪問した先は八地方都市で、北はケンブリッジ、西はブリストルまで出かけています。

　ただ、他の劇団の巡業ルートと比べてみると、この時期の一座の地方巡業は控えめでした。職業劇団のエルシノア来訪を知ったハムレットが「何でまた巡業に？　都にいる方が評判も収入も良かっただろうに」と言っているように、こうした消極性はシェイクスピアたちが大都市ロンドンを自分たちの活動拠点と見なしていたことと関係があります。劇団幹部・劇場株主になれば、興行収入の心配をさほどせずに、安定した生活を享受しながら芸を磨くことができたのです。

　とはいえ、一座が地方巡業と手を切ったわけではありません。苦労して旅を続けながら巡業先の風物に触れ、一行を歓迎してくれる土地の人々を喜ばせ、居酒屋でエールを酌み交わして親交を深める――そうした旅芸人気質は容易に抜きがたいものでした。シェイクスピアの同僚だった道化役者ケンプ（図・右）はそういうタイプの人です。ケンプはやがて、都市型演劇興行を目指していたシェイクスピアと袂《たもと》を分かち、一座を退団して大陸巡業に出かけます。移動性こそ役者の本能なのかもしれません。

Q.17　芝居の他に書いた作品はありますか？

Ay, much is the force of heaven-bred poesy.

(*The Two Gentlemen of Verona*, 3.2.71)

偉大な劇作家は偉大な詩人でもありました。シェイクスピアはいくつかの詩集を残してくれています。

処女詩集『ヴィーナスとアドーニス』はサウサンプトン伯爵ヘンリー・リズリー（一五七三〜一六二四）に献じられました〔⇩Q14〕。一五九四年には物語詩『ルークリース凌辱《りょうじょく》』が同じくリズリーへの献辞を付して出版され、一六四〇年までに八版を重ねています。劇作家トマス・ミドルトン（一五八〇〜一六二七）は『ヴィーナスとアドーニス』を「若い新妻の催淫剤」だと揶揄《やゆ》していますが、これは彼の詩集が女性読者に広く愛読されたことを示唆しています。

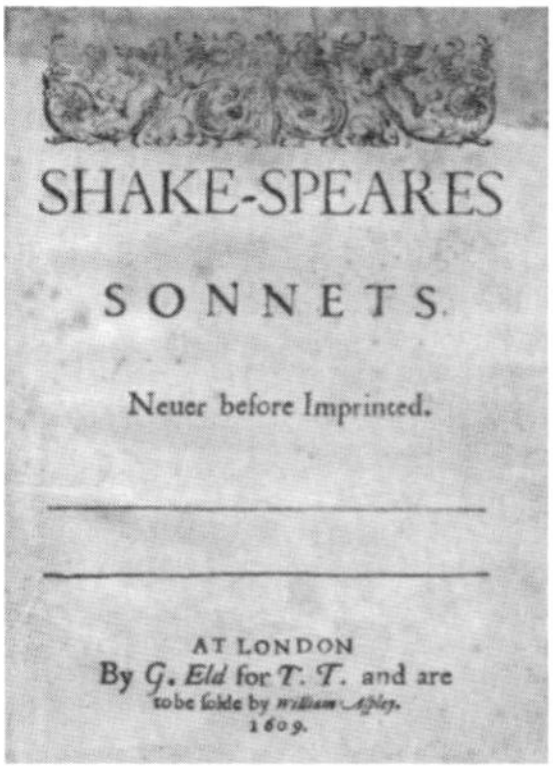
SHAKE-SPEARES
SONNETS.
Neuer before Imprinted.
AT LONDON
By G. Eld for T. T. and are
to be solde by William Apsley.
1609.

　さらに一五四編の連作ソネットが集められた『ソネット集』（一六〇九年出版）は、詩人と高い地位の青年、そして「ダーク・レディー」〔⇩Q29〕と呼ばれる詩人の愛人、三者の絡み合う愛憎を描いた傑作で、遅くとも一五九八年までには主要な部分が執筆され、友人の間で回覧されていたようです。その他に『ソネット集』に併せて刊行された詩集『恋人の嘆き』があります。

　こうしてみるとシェイクスピアは、たとえ劇作をしなくとも、詩人として歴史に名を残し得た人物だったわけで、その才能たるや、そら恐ろしいほどです。

死を意識しながら身辺整理をしていた時に、シェイクスピアが思い出していたのは誰の顔だったでしょうか。遺書に書き残された名前はそのことを教えてくれるかもしれません。家族や親類縁者、近隣住民の名前が見受けられるのは当たり前として、遠方の友の名前が遺書に残るということは、故人との親しい交友関係を示す証拠と考えられます。だとすると、シェイクスピアが死に際しても忘れられなかったのは、彼が所属していた一座の劇団員三人だったようです――「友人ジョン・ヘミング、リチャード・バーベッジ、ヘンリー・コンデルに、指輪を買うためそれぞれに二六シリング八ペンスを遺贈する。」

当時一シリングは熟練職人の一日の給金にあたりますから、記念のための指輪を購入する資金としては、かなりの額だと言えるでしょう。特にハムレットやリア王、オセローなどを演じた名優バーベッジは格別な親友だったと思われます。

Q.18 どんな友人がいましたか？

I count myself in nothing else so happy / As in a soul rememb'ring my good friends.

(*Richard II*, 2.3.46–47)

二人に関する興味深い（半ば伝説めいた）逸話が残っています。バーベッジがリチャード三世を演じていた頃、観客の女性が彼に惚れ込んで、密会の約束を取り付けました。その話を漏れ聞いたシェイクスピアは、先回りをしてその女性と会い、「バーベッジが来ないうちによろしくやっていた」ところに、バーベッジ到着の知らせが入ります。そこで彼はふざけて、征服王ウィリアムがリチャード三世よりも先なのだとバーベッジに伝えた、とか。信憑性はともかく、気心の知れた二人の仲の良さをうかがわせるような話だと思いませんか。

Q.19 敵はいましたか？

To the celestial, and my soul's idol, the most beautified Ophelia. That's an ill phrase, a vile phrase; 'beautified' is a vile phrase.

(*Hamlet*, 2.2.109–11)

シェイクスピアが歴史劇で喝采を得ていた頃、放蕩《ほうとう》三昧で身を持ち崩し、死の床についた作家がいました。その名はロバート・グリーン（一五五八～一五九二）。ケンブリッジ大学出身の作家で、軽妙な散文作品や芝居で人気を博していました。一五九二年八月、彼は『グリーンの三文の知恵』というパンフレットで自分の放蕩を悔い、交友があった大学出身の劇作家たちに忠告を残します。そこに出てくるのが「成り上がり者の烏《からす》」に対する非難です。

その烏は「我々の羽根で美しく装い（*beautified* with our feathers）、虎の心を役者の皮で覆い、この国で舞台を揺さぶる男《シェイクシーン》はこの俺だと自惚《うぬぼ》れている」というのです。「虎の心」云々は『ヘンリー　六世第三部』に出てくる台詞「女の皮に覆われた虎の心！」のパロディ、「舞台を揺さぶる男《シェイクシーン》」もシェイクスピアの名前のもじりです。大学も出ていない役者上がりの劇作家が、自分たちの手法や台詞回しを猿真似して芝居を書き、自分たちより人気者になったことによほど我慢ならなかったのでしょう。

廷臣ポローニアスは、オフィーリアに宛てたハムレットの恋文を読み上げる場面で、ある言葉に敏感に反応します。「『この世のものとは思われぬ、我が魂の偶像、美しき装いのオフィーリアへ』、こりゃひどい、へたな言い回しだ。『美しき装い』（beautified）ってのは、まったくいただけない！」芝居の本筋とは無関係なこの台詞は、他人の羽根で美しく装った成り上がりという皮肉がシェイクスピアの心に深く突き刺さっていた証拠かもしれません。

死んだ羊飼いさん、今あなたの格言の意味がわかった、「恋する者は誰でも一目惚れ」ってことが――『お気に召すまま』に登場する女羊飼いフィービーが恋に落ちた時に思い出したのは、クリストファー・マーロウの物語詩、『ヒアローとリアンダー』の一節でした。

マーロウは一五八七年にケンブリッジ大学で修士号を取得した後、ロンドンに上京。その年、彼の『タンバレイン大王』は大当たりの演目となりました。人気の秘密は「力強い詩句《マイティー・ライン》」と呼ばれる台詞回しにありました。無韻詩《ブランク・ヴァース》［⇩Q83］の朗々たる響きが天下無敵の征服王タンバレインの力強さと見事に調和したのです。演劇における無韻詩の可能性を探り当てたのは、まさにマーロウだったと言えるでしょう。

Q.20 影響を受けた先輩作家はいますか？

Dead shepherd, now I find thy saw of might: / 'Who ever lov'd that lov'd not at first sight?'

(*As You Like It*, 3.5.80–81)

無韻詩を駆使したシェイクスピアがマーロウに学ぶところが多かったことは想像に難くありませんが、人物造型やテーマという点でもマーロウから強い影響を受けています。例えば、王権簒奪《さんだつ》を目論んで表と裏を絶妙に使い分けるリチャード三世は、マーロウの『マルタ島のユダヤ人』に登場するマキャヴェッリ的悪党バラバスの系譜に連なっています。しかも二人とも同じ時期に歴史劇に手を染め、物語詩も書いていますから、シェイクスピアにとってマーロウは、たとえて言うなら矢吹丈にとっての力石徹、永遠のライバルでした。ところがマーロウは不幸にも、一五九三年五月、料亭での喧嘩《けんか》で刺殺されてしまいます。フィービーの台詞は、今は亡き先輩作家へのオマージュのように聞こえてきますね。

タレント・スポッター」という言葉があります。芸能界などで有能な人材を発掘し、登用する人のことですが、シェイクスピアはまさに辣腕タレント・スポッターで、才能ある劇作家の卵を見つけ出し、育成する力も人並み以上だったようです。最初の「シェイクスピア伝」を一七〇九年にまとめた文人ニコラス・ロウ（一六七四～一七一八）が面白い逸話を紹介しています。

「［ベン・］ジョンソン氏［一五七二～一六三七］が世間でまったく名前を知られていなかった頃、作品のひとつを上演してもらうために台本を劇団員たちに渡したことがあった。台本を手渡された者たちは、尊大な様子でつまらなそうにパラパラとページをめくり、うちの劇団では使えそうもないと意地悪な返答をして台本を突き返そうと

Q.21 目をかけた後輩作家はいましたか？

Give me that man / That is not passion's slave, and I will wear him / In my heart's core, ay, in my heart of heart, / As I do thee.

(*Hamlet*, 3.2.69–72)

したちょうどその時、幸運にもシェイクスピアがその台本に目を留めて、とても面白そうだから、最初に自分が読み通すと約束し、その後、ジョンソン氏とその作品を世に紹介したのだった。そうしたことがあってから、彼らは世間周知の友人となった。」

ロウの情報源がどこからなのかはわかりませんが、作り話とは思えない信憑性があります。シェイクスピアの宮内大臣一座が初めて上演したジョンソンの芝居は『気質くらべ』（一五九八年上演）でした。ローマ喜劇をモデルにしたこの芝居は、多種多様な気質の登場人物が織りなす斬新な市民喜劇で、当時の大衆演劇に新しい風を吹き込みました。演じたくなるような作品だったのでしょうか、シェイクスピアは登場人物として、この芝居に出演しています。

Q.22 どのくらいの年収と資産がありましたか？

Why, nothing comes amiss, so money comes withal.

(*The Taming of the Shrew*, 1.2.79)

シェイクスピアは大変な資産家でした。一五九〇年代の中頃には仕事先の劇場近くに住宅を購入。また父ジョンのためにシェイクスピア家の紋章（図）を一五九六年に取得し、その翌年にはストラトフォードで二番目に大きな屋敷ニュー・プレイスを入手しています。これに関しては醸造業で成功していた妻アンの協力があったかもしれません［⇩Q10］が、劇場株主兼座付き作家という実入りの良い境遇が莫大な財産をもたらしていたのは確実です。

ある学者の計算によると彼の平均年収は約二〇〇ポンドで、これは当時、待遇の良い学校教師がもらっていた年収の一〇倍にあたります。社会的に乞食同様に扱われていた役者たちが今や金持ち紳士に成り上がった、という当時の妬み混じりの批判もあながち誇張ではなかったことを、シェイクスピアの羽振りの良さは示しています。

蓄財にも熱心で、一六〇二年にストラトフォードの北に広大な土地を購入、一六〇五年には四四〇ポンドという大金を投資に充当しています。借金で首の回らない劇作家がほとんどだった当時の状況を考えると、彼は例外中の例外というべきでしょう。劇作だけでなく、財テクにも天才的な冴《さ》えを見せるシェイクスピア、恐るべし。

Q.23 政治家や貴族ともつき合いがありましたか？

A friend i'th' court is better than a penny in purse.

(*King Henry IV, Part 2*, 5.1.26–27)

記録が乏しいため、詳しいことははっきりとわかりませんが、何人かの貴族と面識があったことは史料から推察することができます。例えば第三代サウサンプトン伯爵ヘンリー・リズリー。詩集『ヴィーナスとアドーニス』は伯爵に献じられ［⇩Q17］、さらに『ルークリース陵辱』の献辞では、「閣下に捧げる私の愛に際限はありません」、「今まで作ってきたものも、これから作るべきものも、すべて閣下のものです」と書かれていますから、二人の関係の親密さが想像できます。また、エリザベス治世下に一座のパトロンだった宮内大臣ハンズドン卿ジョージ・ケアリーとも、もちろん面識があったと考えられます。

シェイクスピアが知己を得た最大の有力者は他ならぬジェイムズ一世（一五六六～一六二五・図）でした。国王として即位すべくロンドンに到着したわずか十日後に、シェイクスピアの一座はジェイムズから演劇興行の勅許状を得て、国王をパトロンに持つ国王一座《キングズ・メン》となりました。ある学者の計算によると、勅許状が出てからシェイクスピアが死ぬまでの間に、一座は国王の前で一八七回の上演を行ったそうですから、ジェイムズ一世と王室は、誰よりもシェイクスピアの大ファンだったのかもしれません。

良好にせざるを得ませんでした。どの劇団も、庇護者になってくれる人がいなければ、活動できなかったからです。

一五七二年に法律が制定され、庇護者を持たない剣術師や熊使い、そして大衆演劇の役者たちは放浪者としてみなされ、取り締まりと厳罰の対象になりました。劇団として活動し、生活を支えるために、彼らは宮廷で力を持つ貴族から巡業許可を得て、従者として認めてもらったのです。もちろん給料はもらえません。もらえたのは巡業の「お墨付き」だけでした。

庇護を与える貴族にもそれなりの旨味がありました。自分の名を冠した劇団が国の津々浦々まで巡業すれば、自らの威光を知らしめることができます。また、私信を運ぶ使者として、地方の政治・宗教情勢を探

Q.24 パトロンとの関係は良好でしたか？

I'll plead for you / As for my patron, stand you so assured, / As firmly as yourself were still in place.

(*The Taming of the Shrew*, 1.2.149–51)

るスパイとして使えます。発信力の強い劇団であれば、自分の政治・宗教的イデオロギーを支持してくれるような内容の芝居を演じてくれるでしょうし、少なくとも批判するようなまねはしないはずです。

一六〇三年にジェイムズ一世が即位した時、シェイクスピアの劇団は国王をパトロンに持つことになり、他の主要な劇団もアン王妃や王子、王女がパトロンとなりました。一昔前は取り締まりの対象だった役者たちが、今や王室の従者へと出世したわけですが、一方でそうした劇団は、王室を批判するような要素が芝居に混入しないよう（したとしても言い逃れができるよう）細心の注意が必要になりました。国王一座の台本部長シェイクスピアは、パトロンとの距離の取り方にきっと苦労したことでしょう。

Q.25 どんな宗教を信じていましたか？

It is religion that doth make vows kept.

(*King John*, 3.1.205)

シェイクスピアがどのような信仰を持っていたかは定かではありません。父ジョンは一五九二年の国教忌避者リストに、教区教会への出席を拒んでいるカトリックの一人として登場します［⇩Q５］。またシェイクスピアはグラマー・スクールを卒業後、ランカシャーのカトリック人脈を経由して演劇界に入ったのではないかという仮説も存在します［⇩Q12］。おそらく彼は青春時代をカトリック的な環境のもとで過ごしたのでしょう。彼が少数派に同情的なのもその影響かもしれません。

しかしそのことは必ずしもシェイクスピアがカトリックの信仰を持っていたという証拠にはなりません。当時は親と子の宗教が違うというケースは少なからずありましたし、彼は幼児洗礼、結婚式、葬儀すべてを国教会の所定の手続きに則って行っています。教会出席を怠って罰金を科せられたという記録もありません。ですから彼は、当時の一般的な人々がそうであったように（たとえ表面上ではあっても）国教会の従順な構成員であり、その信仰告白や礼典を受け入れていたと考えるべきでしょう。

宗教に無関心だったのでしょうか？　いいえ、むしろ逆です。国家＝教会権力のもとで劇場という影響力の強いメディアを操作する劇作家は、宗教的事柄問題について知的な関心を持ち、その取り扱いに細心の注意を払う必要がありました。シェイクスピアは、検閲や処罰の対象となる宗教的言説を見分けながら、聖書の引用や神学的概念を用いて劇的効果を高め、様々な宗教的葛藤を作品の中で表現したのです。

Q.26 ロンドンではどこに住みましたか？

Welcome, sweet Prince, to London, to your chamber.

(*Richard III,* 3.1.1)

シェイクスピアがロンドンで住んでいた家は残っていませんが、税金の徴収台帳などを調べると、どのあたりに住んでいたかを知ることができます。

一五九〇年代半ばに住んでいたのは、上流中産階級が多く住むセント・ヘレン教区（現在の地下鉄リバプール・ストリート駅の近く）。すぐそばの城門ビショップスゲイトをくぐって、北へ行くとシアター座とカーテン座があります。その後、彼はテムズ川の南岸、サザックのクリンク特別行政区に転居。居酒屋や売春宿が建ち並ぶ歓楽街で、住環境はあまりよくありませんが、ここなら劇団の本拠地グローブ座をはじめ、ローズ座やスワン座などもすぐ近くです。

一六〇四年頃にはシルバー・ストリート（現在のロンドン博物館近く）にある屋敷の一室を間借りしています。家主はクリストファー・マウントジョイ。ユグノー亡命者で頭部装飾品の製造を生業としていました。舞台用の鬘《かつら》や髪飾りを国王一座に供給していたためか、彼はシェイクスピアと親しい付き合いがありました。シェイクスピアはマウントジョイの一人娘メアリとマウントジョイの徒弟スティーヴン・ベロットとの仮祝言を執り行っています。

一座の同僚ジョン・ヘミング（?～一六三〇）とヘンリー・コンデル（一五六六～一六二七）が住むオールダーマンベリー通りはマウントジョイの下宿から目と鼻の先、同郷の友人で印刷業者のリチャード・フィールドの家もすぐそばです。こうしてみるとシェイクスピアは、何かと仕事がしやすい場所を選んで居を構えていたようです。

Q.27 好きな食べ物は何ですか？

'Tis an ill cook that cannot lick his own fingers.

(*Romeo and Juliet*, 4.2.6–7)

シェイクスピアが色々な種類の酒に言及するところを見ると、結構飲めるほうだったように思えます。酒に欠かせないのが肴《さかな》。大酒飲みフォールスタッフの肴は、居酒屋の勘定書によると、鶏肉、ソース、アンチョビに、パン少々（『ヘンリー四世 第一部』2.4.493-97）。このリストはシェイクスピア自身の好物でしょうか。

『ヘンリー五世』ではイギリス人の肉好きがフランス兵に揶揄《やゆ》されていますが（3.7.145-47）、当時の人々が肉ばかり食べていたというわけではありません。四旬節《レント》〔⇩Q54〕や金曜日には、タラやニシン、カキなどの魚介料理も食べましたし、もちろん野菜類や豆類も摂られていました。サツマイモやジャガイモは新大陸からの贅沢《ぜいたく》品で、催淫剤と考えられていたようです（『トロイラスとクレシダ』5.2.55-57）。フルーツも豊富で、リチャード三世の好物である苺《いちご》（3.4.32）をはじめ、リンゴ、梨、チェリー、プラム、あんず、マスクメロン、オレンジなどがありました。

『冬物語』の毛刈り祭りで振る舞われるご馳走は、かなり甘めのケーキやパイが食卓に並びそうです。お祭りのための買い物リストには砂糖が一・三キロ、干しスグリが二・二キロ、プルーンと干しぶどうがそれぞれ一・八キロとあります（4.3.35-46）。そう言えば、『ロミオとジュリエット』に登場する召使いは、挽《ひ》いたアーモンドと砂糖を練り合わせたお菓子マジパンを自分用に一切れ取っておいてくれと仲間に頼んでいます（1.5.7-8）。シェイクスピアは酒好きの甘党だったのかもしれません。

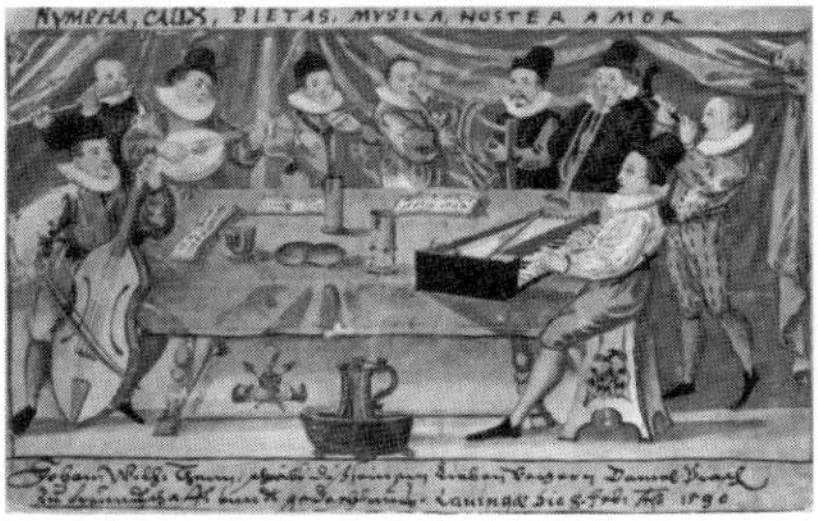

シェイクスピアが音楽好きだったことはまず間違いありません。『ヴェニスの商人』に登場するシャイロックの娘ジェシカは「音楽を聴いても楽しくなったことが一度もない」という珍しいキャラですが、恋人のロレンゾーに言わせると、それは心の健康状態が良くないからだとか。ロレンゾーは続けて言います——「自分の中に音楽を持たない人、美しい響きの調和に心動かされない人、彼らにふさわしいのは謀反、陰謀、破壊だけ。」

Q.28 何か趣味はありましたか？

The man that hath no music in himself, / Nor is not mov'd with concord of sweet sounds, / Is fit for treasons, stratagems, and spoils.

(*The Merchant of Venice*, 5.1.83–84)

どんな音楽を当時の貴族や富裕層が熱心に聞き、演奏していたかは、頻繁に出版された楽譜を調べればわかります。大人気だったのは、「ブロークン・コンソート」と呼ばれる室内楽アンサンブル（図）。リュート、パンドラ、シターン、ソプラノ・バイオル、バス・バイオル、フルートなど様々な種類の楽器を組み合わせて演奏しました。

友人の音楽家ロバート・ジョンソン（一五八三？〜一六三三）はコンソート音楽を得意とし、国王一座《キングズ・メン》に舞踏音楽や楽曲を提供しています。『シンベリン』でカストラートが歌う“Hark, hark! the lark”や、『冬物語』でバラッド売りのオートリカスが歌う“Get you hence, for I must go”はジョンソンによる楽曲です。シェイクスピアが音楽好きになるのも不思議ではありません。

Q.29 愛人がいたというのは本当ですか？

Such is the simplicity of man to hearken after the flesh.

(*Love's Labour's Lost,* 1.1.214–15)

ロンドンの売れっ子劇作家が妻子と離れて一人暮らしともなれば、愛人の一人や二人いたのではと勘ぐりたくなります。実際、そのように考える学者も少なくありません。例えば『ソネット集』に登場する愛人「ダーク・レディー」が何らかの実体験に基づいていたという説。「ダーク・レディー」の候補者としては、エリザベス一世の侍女でペンブルック伯ウィリアム・ハーバートの愛人メアリ・フィットン（一五七八?～一六四七）、あるいはサウサンプトン伯ヘンリー・リズリーの愛人（後の妻）エリザベス・ヴァーノン（一五七三?～一六五五）、そしてハンズドン卿ヘンリー・ケアリーの愛人エミリア・ラニア（一五七〇～一六五四）などが挙げられていますが、それぞれの説を裏付ける証拠はありません。

そうした説に比べると、劇作家ウィリアム・ダヴェナント（一六〇六～一六六八）の語った話の方が、まだもっともらしく聞こえます。ロンドンとストラトフォードを往復する旅の途中で、シェイクスピアはしばしばオックスフォードに逗留《とうりゅう》し、ダヴェナントの両親が経営する酒場兼宿屋で旅の疲れを癒やしたそうですが、その折りに美人女将として有名だった母ジェインと昵懇《じっこん》の間柄となり、一度ならずベッドをともにしたとか。つまりこの話、ダヴェナントが偉大なる劇作家シェイクスピアの隠し子で、名前も彼に付けてもらったものだというのがオチ。どうも本人が酔いにまかせて吹聴した眉唾エピソードのように思えますが、当時のロンドンでは広く事実として受け入れられていたようです。

天敵ロバート・グリーンを除けば［⇩Q19］好評嘖々《こうひょうさくさく》というところでしょうか。その声を一つ二つご紹介しましょう。

批評家・聖職者のフランシス・ミアズ（一五六五～一六四七）は『知恵の宝庫』（一五九八年出版）で「イギリスの詩人とギリシア、ラテン、イタリアの詩人との比較」をしながら、「英語を非常に豊かなものにした」功労者として、フィリップ・シドニー（一五五四～八六）やエドマンド・スペンサー（一五五二?～一五九九）などの文人と並んで、シェイクスピアの名前を挙げています。さらに詩における「蜜のように甘美な」文体を評価し、「イギリスではシェイクスピアが喜劇と悲劇の両分野において最も優れている」とした上で、「彼のきめ細やかに磨かれた文章」を絶賛しています。

Q.30 当時の評判はどうでしたか？

Good name in man and woman, dear my lord, / Is the immediate jewel of their souls.

(*Othello*, 3.3.157–58)

ミアズは誰彼の区別なく人を褒めそやす傾向がありますから、もう一人、気むずかしくて自己顕示欲の強い文人でケンブリッジ大学の修辞学教授だったゲイブリエル・ハーヴィ（一五五〇?～一六三一）にも耳を傾けましょう。彼は「シェイクスピアの『ヴィーナスとアドーニス』は若者たちを喜ばせ、『ルークリース凌辱』と『デンマーク王子ハムレットの悲劇』の方は知識人を楽しませるものがある」というメモ書きを残しています。このメモは、シェイクスピアが劇作家としても詩人としても、様々な世代や階級の読者の間で評価されていたことを示唆する資料として重要です。しかもミアズだけでなく、修辞学者ハーヴィにも認められるのですから、彼の才能は折り紙付きだったわけです。

Q.31 引退したのはいつ頃ですか？

I'll break my staff, / Bury it certain fathoms in the earth, / And deeper than did ever plummet sound / I'll drown my book.

(*The Tempest*, 5.1.54–57)

『テンペスト』の最終幕。プロスペローは魔術への決別を宣言します——「私はこの杖を折り、書物を測量の鉛も届かない海の底へと沈めるつもりだ。」この台詞は、劇場の魔術師＝シェイクスピアの引退宣言のように聞こえます。彼はその後もしばしばロンドンに戻り、一六一三年には『ヘンリー八世』を執筆、さらには国王一座の新人劇作家ジョン・フレッチャー（一五七九〜一六二五）と『血縁の二公子』を共作してはいますが［⇩Q63］、『テンペスト』を執筆した一六一一年以降、劇団に提供する芝居はめっきり少なくなります。

偶然の一致でしょうか、『ペリクリーズ』、『シンベリン』、『冬物語』、『テンペスト』など、「ロマンス劇」と呼ばれる晩年の戯曲群はどれも、現実離れした筋書きが展開して最終的に家族の再会や和解へと至るものばかり。これを衰えと見るか円熟と見るかは意見の分かれるところですが、その頃、劇作家として絶頂期にあったベン・ジョンソンは衰えと見たようで、『バーソロミュー・フェア』（一六一四年上演）の序幕でシェイクスピアのロマンス劇を「荒唐無稽な喜劇」と批判しています。

国王一座の若きホープであるフレッチャー、先輩作家を堂々と批判できるほど頼もしく成長したジョンソン——こうした若い世代の台頭が、演劇界からの潔い引き際をシェイクスピアに決断させた可能性は十分に考えられます。故郷の屋敷ニュー・プレイスで、家族や友人たちと過ごす静かな日々を意識し始めたのは、やはり一六一一年前後だったかもしれません。

『ウィリアム・シェイクスピア氏の喜劇、歴史劇、悲劇』（一六二三年出版、以下『作品集』）に収められた作品の中で、最後の作品と考えられているのは『ヘンリー八世』です。この劇が執筆された一六一三年は、ジェイムズ一世の娘エリザベス王女（一五九六〜一六六二）とファルツ選帝侯フリードリヒ（一五九六〜一六三二）との結婚式が執り行われた年でした。エリザベス（のちのエリザベス一世）の誕生と輝かしい未来の予言で幕を閉じるこの作品は、時宜にかなった祝祭的な歴史劇でした。

　ところが、この作品から悲劇が生まれ

Q.32 最後の作品は何ですか？

'Tis our fast intent / To shake all cares and business from our age. / Conferring them on younger strengths, while we / Unburden'd crawl toward death.

(*King Lear*, 1.1.37-40)

ます。六月二九日、その上演中に放たれた祝砲が原因で、グローブ座（図）の草葺《ぶ》き屋根に火がつき、劇場は一時間たらずで焼け落ちてしまったのです。この事件はジョン・ヘミングら古参の劇団員たちには大きな痛手だったに違いありません。その時の様子をバラッド詩人は「老いてどもったヘミング、悲しみの中に立ちつくす」と唄っています。十数年前、劇団員全員が一致協力し、汗水垂らしてグローブ座を建て上げた時の懐かしい思い出が、彼らの脳裏には浮かんでいたかもしれません。ほどなく劇場は再建されますが、引退を意識（あるいはすでに引退）していたシェイクスピアにとって、グローブ座焼失はひとつの時代の終わりを告げる象徴的な出来事となったのではないでしょうか。

Q.33 どんな老後を過ごしましたか？

I could be well content, / To entertain the lag end of my life / With quiet hours.

(*King Henry IV, Part 1*, 5.1.23–25)

ストラトフォードに引退しても、静かな日々を過ごすというわけにはいかなかったようです。シェイクスピアを待っていたのは、弟たちに先立たれるという悲しい出来事でした。一六一二年二月にギルバートが、さらに翌年同月にリチャードが没しています。それだけではありません。一六一四年夏、町に大火が起こり、彼の屋敷は難を逃れたものの、住宅五四戸が焼け落ちました。資産をめぐる悩みも尽きず、所有地から得る税収入の目減りという経済的な問題への対処に追われています。

家庭内の心配事もありました。一六一三年に、長女スザンナが不貞を働いているという告発がなされたのです。告発者はジョン・レイン。酒癖の悪さと粗暴さが目立つ札付きの人物で、スザンナの夫で開業医ジョン・ホールのピューリタン的な潔癖さを苦々しく思っていたようです。悪い噂を払拭すべくスザンナは裁判でレインを訴え、その後、彼は教会から除名されています。一六一六年二月には娘ジュディスの結婚という慶事もありましたが、間もなく結婚相手が密通罪で訴えられてしまいます［⇩Q34］。

問題続きの老後に、ささやかな憩いがあったとすれば、それはロンドンからやってくる友人たちとの歓談のひと時だったかもしれません。ストラトフォードの教区牧師の日記によると、シェイクスピアは、彼のもとを訪れた詩人マイケル・ドレイトン（一五六三～一六三一）やベン・ジョンソンと痛飲したのち熱病に罹《かか》り、それが原因で死んだと記されています。伝説とはいえ、いかにもありそうな話です。

Q.34 人生で何か波瀾《はらん》はありましたか？

Shorten my days thou canst with sullen sorrow.

(*Richard II*, 1.3.226)

人生最大のピンチは最後にやってきました。遺書を作成した一六一六年一月頃、末娘ジュディスに結婚話が持ち上がります。相手はストラトフォードのワイン商人トマス・クワイニー（一五八九～一六六二?）。両人は二月一〇日にめでたく結婚。しかしその直後に、ある事件が起こります。トマスが結婚前にマーガレット・ウィーラーという女性を妊娠させていた事実が発覚したのです。しかも彼女はその年の三月に出産を控えていました。不幸にも彼女と子供は分娩《ぶんべん》中に死んでしまい、その後、この一件は三月二六日に裁判所で審理されます。ウィーラーとの性的な関係を認めたトマスは、教会規則に従って「性的不品行」の罪を贖《あがな》わなければなりませんでした。町を騒がせるこのスキャンダルがシェイクスピア一家にとって大きな衝撃であったことは想像に難くありません。

　二〇一八年のイギリス映画で、ケネス・ブラナーが監督・主演をつとめた映画『シェイクスピアの庭』では、ロンドンから帰ってきたシェイクスピア、溝を感じる妻、問題を抱え込む娘たちという、微妙な家族関係が描かれています。映画では様々な問題が家族の和合へとつながるチャンスになるのですが、現実はもっと厳しかったことでしょう。シェイクスピアは遺書を三月二五日に書き直し、娘婿に遺贈するはずだった遺産を、娘と孫だけに遺贈するように修正しました。この事件が彼の死期を早めることになったとしても不思議ではありません。病のせいか、ストレスのせいか、遺書の自筆署名は弱々しく震えています。

Q.35 遺書は残っていますか？

You will compel me, then, to read the will?

(*Julius Caesar*, 3.2.156)

残っています。『ヘンリー八世』を書き終えた頃、シェイクスピアの体力は目に見えて落ちていたと思われます。彼が遺書の作成を始めたのが一六一六年一月、亡くなるのがその三カ月後ですから、徐々に身体を蝕《むしば》む病に罹《かか》っていたのかもしれません。資産管理で世話になっていた友人の弁護士フランシス・コリンズ（?～一六一七）を呼んで、遺言状（図）を作らせました。当時の作成マニュアルにきちんと則ったもので、ストラトフォードとロンドンの家族や友人、同僚たちへの遺産・遺品分与について詳細に、かつ整然と記されています。国王一座の同僚たちにも「指輪を買うためそれぞれに二六シリング八ペンス」を残しています［⇩Q18］。

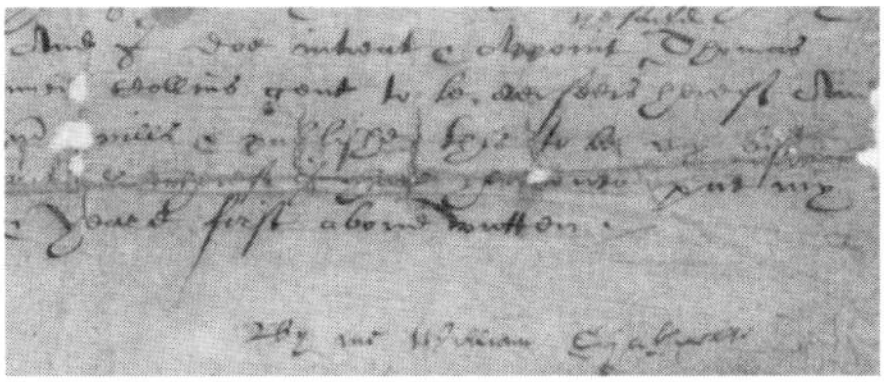

　謎めいているのは妻アンへの遺産です。シェイクスピアは「二番目に上等な寝台を付属品とともに」残しただけでした。しかもアンへの遺贈に関しては、思い出したように、遺書の末尾で触れられるだけです。夫婦関係がうまくいっていなかった証拠なのか、それとも妻への財産分与は権利として保障されていたため、あえて遺書に書き込む必要がなかったのか、意見は分かれています。そして「二番目に上等な寝台」についても、妻への意地悪と考える人もいれば、思い出の詰まった寝台だったと考える人もいて、謎は深まるばかりです。

Q.36 犬派ですか、猫派ですか？

I could endure anything before but a cat, and now he's a cat to me.

(*All's Well That Ends Well*, 4.3.242–43)

「おれは猫以外のものは我慢してきたが、今はあいつが猫だ！」――『終わりよければすべてよし』のバートラムが、自分を裏切った友人への嫌悪を表現する時の台詞です。シェイクスピアが愛猫家だったらこういう譬《たと》えを使うはずはありません。実際、作品に出てくる猫の言及は殆《ほとん》どが否定的です。『夏の夜の夢』のライサンダーも叫びます――「あっちへ行け、この猫！　くっつくな、イガ女！」（3.2.260）イガと猫が同列とは…。

猫に比べると犬の方が、狩猟や牧羊など生活に密着していたこともあり、まだ興味の持てる動物だったようです。マクベスは狩猟犬のグレイハウンド、愛玩犬スパニエル、泳ぎのうまい猟犬、番犬、雑種など、当時の犬種や価値をしっかりと区別しています（3.1.93-100）。とは言え、シェイクスピアはおおむね犬を（狩猟などに役立つ種類を除いて）軽蔑的に描いており、おべっか使いや裏切り者、残忍な人、盗人、攻撃的な人などに重ねています。こうしてみると愛犬家でもなさそうです。

ある研究によると、シェイクスピアの作品には四千を超える動物への言及があるそうですが、犬と並んで圧倒的に多いのが馬です。彼は馬の種類を正確に区別しているだけでなく、馬には好意的で、「疲れを知らぬ馬のように頼もしい方」という『夏の夜の夢』のフルートの台詞（3.1.95）にその傾向は表れています。ロンドンに上京したばかりの頃、シェイクスピアが劇場で馬番をしていたという伝説も、なんとなく信《しん》憑《ぴょう》性を帯びてきますね。

Q.37 どんなスポーツが好きでしたか？

When we have *matched* our rackets to these balls, / We will in France, by God's grace, play a set / Shall strike his father's *crown* into the *hazard*. / Tell him he hath made a match with such a wrangler / That all the *courts* of France will be disturbed / With *chases*. (*King Henry V*, 1.2.261–66)

『ヘンリー五世』の冒頭場面。ヘンリーのもとにフランスからの使節がやってきて、皇太子からの贈り物を届けます。宝箱を開けるとそこにはテニスボールが。つまりフランスとの領土問題などに首を突っ込まず、テニスでもしていろと揶揄《からか》っているのです。使節に対するヘンリーの返答は秀逸です――「このボールに相応しいラケットを用意《マッチ》したら、フランスで是非とも一勝負したいものだ。皇太子の父上の王位《クラウン》が危機《ハザード》になるまで攻めてやろう。皇太子には厄介な相手と戦うことになったと伝えてくれ。フランスの宮廷《コート》中で私の追跡《チェイス》で苛《さいな》まれることになるだろうから。」

テニスの専門用語が二重の含意《ダブルミーニング》で使われていることに注意してください――「試合をする (match)」、「ゲームの賭け金 (crown)」、「コーナーぎりぎり (hazard)」「テニスコート (courts)」、「エースショット (chases)」。シェイクスピアがテニス（現代のローンテニスと区別するためリアルテニスと呼ばれます）に精通していなければ、この言葉遊びは出てこなかったはずです。

この頃フランスはテニスブームで、旅行家ロバート・ダリントン（一五六一～一六三七）によると、パリにはテニスコートが数百、オルレアンに六〇、小さな田舎町でも一つ以上あり、暑い夏のさなかにも試合に明け暮れていて、「フランス人のテニス技術は驚くばかりで、生まれた時にはもうラケットを手にしていたのではと思うほど」とか。ブームはイギリスの宮廷や大学に飛び火していましたから、シェイクスピアは案外テニス好きだったかもしれません。

Q.38 どんな性格の人でしたか？

The purest treasure mortal times afford / Is spotless reputation.

(*Richard II*, 1.1.177–78)

天才肌の人間は付き合いにくいというイメージがありますが、どうやらシェイクスピアは例外だったようです。性格の良さはデビュー当時からすでに定評がありました。

彼を自惚《うぬぼ》れ屋だと辛辣に批判したのはロバート・グリーン［⇩Q19］ですが、それに対してシェイクスピアの弁護を買って出る人々が少なからずいました。ヘンリー・チェトル（一五六〇?～一六〇七）という三文文士は、面識はなかったものの、仕事同様振る舞いも大変立派だと評価し、さらに彼の誠実さは紳士階級の人々も認めるところだと述べています。それからも評判は一定していて、同時代人たちは「心も気持ちもおおらか」で、「友情に篤《あつ》く」、「善良なウィル」に賛辞を惜しみません。

シェイクスピアの作劇術にしばしば批判的だったベン・ジョンソン（図）［⇩Q31］でさえ、彼は「実に正直な男」で「鷹揚《おうよう》な性格」だったと振り返っています。さらにジョンソンは友人に「私は誰よりも彼［シェイクスピア］を愛していた」と臆面もなく語り、シェイクスピアの『作品集』に称徳詩を寄せて、畏友をこう讃えました——「君はひとつの時代のものではなく、すべての時代のもの（He was not of an age, but for all time）」。なんと、天才は愛されキャラでもあったわけです。

ジョン王 *King John*	1596	1623 (F) [D]
ヴェニスの商人 *The Merchant of Venice*	1596	1600 (Q) [D*]
ヘンリー四世　第一部 *Henry IV, Part 1*	1597	1598 (Q) [D*]
ウィンザーの陽気な女房たち *The Merry Wives of Windsor*	1597	1602 (Q) [D*]
ヘンリー四世　第二部 *Henry IV, Part 2*	1597	1609 (Q) [D*]
から騒ぎ *Much Ado About Nothing*	1598	1600 (Q) [D*]
ヘンリー五世 *Henry V*	1599	1600 (Q) [D*]
ジュリアス・シーザー *Julius Caesar*	1599	1623 (F) [D*]
情熱の巡礼者［詩］ *The Passionate Pilgrim*	1598-99	1599 (Q)
お気に召すまま *As You Like It*	1600	1623 (F) [D]
ハムレット *Hamlet*	1600	1603 (Q) [D+]
十二夜 *Twelfth Night, or What You Will*	1601	1623 (Q) [D+]
不死鳥と雉鳩［詩］ *The Phoenix and Turtle*	1601	1601 (Q)
トロイラスとクレシダ *Troilus and Cressida*	1602	1609 (Q) [D]
尺には尺を *Measure for Measure*	1603	1623 (F) [E*]
オセロー *Othello*	1604	1622 (Q) [E+*]
終わりよければすべてよし *All's Well That Ends Well*	1605	1623 (F) [E]
リア王 *King Lear*	1605	1608 (Q) [E*]
マクベス *Macbeth*	1606	1623 (F) [E]
アントニーとクレオパトラ *Antony and Cleopatra*	1606	1623 (F) [E]
アテネのタイモン *Timon of Athens*	1607	1623 (F) [E]
ペリクリーズ *Pericles*	1607	1609 (Q) [E]
コリオレイナス *Coriolanus*	1608	1623 (F) [E]
ソネット集［詩］ *Sonnets*	?-1609	1609 (Q)
恋人の嘆き［詩］ *A Lover's Complaint*	1609	1609 (Q)
シンベリン *Cymbeline*	1610	1623 (F) [E]
冬物語 *The Winter's Tale*	1611	1623 (F) [E*]
テンペスト *The Tempest*	1611	1623 (F) [E*]
ヘンリー八世 *Henry VIII*	1612	1623 (F) [E]
血縁の二公子 *The Two Noble Kinsmen*	1613	1634 (Q) [E]

クローズアップ ①

シェイクスピアの作品一覧表（執筆年代順）

シェイクスピアがいつ作品を執筆したかは厳密にはわかりません。しかし、様々な内的・外的証拠から推定することは可能です。

作品一覧表の推定執筆年は、戯曲についてはMartin Wiggins, *British Drama 1533–1642: A Catalogue* (Oxford University Press, 2012–) に、詩作についてはArden版シェイクスピア（第3シリーズ）に拠っています。判型についてはQ71を参照してください。

＊：シェイクスピア存命中に宮廷上演の史料が残っている作品　＋：ロンドン法学院、オックスフォード、またはケンブリッジでの上演を示唆する史料が残っている作品
[A] Pembroke's Men　[B] Strange's Men　[C] Derby's Men
[D] Chamberlain's Men　[E] King's Men

作品名	推定執筆年	初版出版年（判型）[初演の劇団]
ヘンリー六世　第二部 *Henry VI, Part 2*	1591	1594 (Q) [A?]
ヘンリー六世　第三部 *Henry VI, Part 3*	1591	1595 (O) [A]
じゃじゃ馬ならし *The Taming of the Shrew*	1592	1623 (F) [A]
ヘンリー六世　第一部 *Henry VI, Part 1*	1592	1623 (F) [B]
タイタス・アンドロニカス *Titus Andronicus*	1592	1594 (Q) [A?]
間違いの喜劇 *The Comedy of Errors*	1592	1623 (F) [A?+*]
リチャード三世 *Richard III*	1593	1597 (Q) [C?]
エドワード三世 *Edward III*	1593	1596 (Q) [?]
ヴィーナスとアドーニス［詩］*Venus and Adonis*	1593–94	1593 (Q)
ヴェローナの二紳士 *The Two Gentlemen of Verona*	1594	1623 (F) [?]
ロミオとジュリエット *Romeo and Juliet*	1594	1597 (Q) [D?]
ルークリースの凌辱［詩］*The Rape of Lucrece*	1593–94	1594 (Q)
リチャード二世 *Richard II*	1595	1597 (Q) [D]
夏の夜の夢 *A Midsummer Night's Dream*	1595	1600 (Q) [D*]
恋の骨折り損 *Love's Labour's Lost*	1596	1598 (Q) [D*]

SHAKESPEARE
that is the question

2.
どんな時代でしたか?

Q.39 当時、演劇はどんな娯楽でしたか？

He's for a jig, or a tale of bawdry, or he sleeps.

(*Hamlet*, 2.2.490–91)

大衆劇場は「芝居小屋《プレイハウス》」と呼ばれました。つまり「気晴らし《プレイ》」のための娯楽施設です。死刑執行や熊いじめ、牛いじめ、ベドラム精神病院に収容された病人すら見世物になる時代ですから、芝居小屋での楽しみもお芝居だけとは限りません。軽業に曲芸、猿回し、張り出し舞台を取り外して熊いじめ［⇩Q55］、さらに劇場で死刑が行われた記録も残っています。芝居はそうした気晴らしのひとつでした。

芝居が終わるとジグが始まります。三、四人の喜劇役者たちが登場して、即興の冗談を交えつつ、対話形式の唄と踊りで観客を楽しませるのですが、その内容たるや、刺激の強い噂話から下ネタ話、個人中傷にいたるまで、猥雑で卑猥なものばかり。いわば場末の俗悪オペレッタというところでしょうか。芝居では登場人物の一人にしか過ぎない喜劇役者たちも、このジグの時ばかりは台本から解放されて、水を得た魚のように、即興芸や唄、踊りで客を沸かせます。こういった土俗的な演芸は雑草のように根強いものでした。

マーロウ［⇩Q20］は『タンバレイン大王』（一五八七年初演）の前口上で「野暮なへぼ詩人が作るジグや／おどけ役の繰り出す即興芸を後に／我ら皆様を軍神の堂々たる幕営へとお連れし／度肝を抜く台詞で世界を脅かし／常勝の太刀《たち》で国々に鞭《むち》を当てる／スキタイ人タンバレインをお目にかけましよう」と宣言します。芝居が大衆芸能から芸術へと昇華するには、詩人としての野心を持つマーロウのような劇作家が必要だったのです。

Q.40 当時の大衆劇場はどんな構造でしたか？

When we are born, we cry that we are come / To this great stage of fools.

(*King Lear*, 4.6.181–82)

シェイクスピアの芝居がロンドンで上演される場合、主にシアター座やグローブ座といった常設の大衆劇場《パブリック・シアター》が使われました。詳しい内部構造はわからないため、当時のスケッチ、他の劇場の建築協定書や裁判記録などを参考に復元することになるのですが、今の劇場とは随分違います。建物は「O字型」［⇩Q59］もしくは多角形で、吹き抜けの青天井。照明は日の光だけでした。舞台正面壁から中庭中央に向かってせり出した長方形の平舞台を土間の観客が囲み、さらに三層構造の桟敷《さじき》席がぐるりと囲むという構造。幕で仕切られた近代の額縁舞台とは違って、観客と役者、現実世界と虚構世界が交差する造りだったと言えるでしょう。(図はバンクサイドに再建されたグローブ座)

舞台には大道具や小道具はほとんど置かず、あるのは天蓋を支える二本の柱だけ。天球図の描かれた天井は「天」を、平舞台下の奈落は「地獄」を表していました。リアの言う「この大きな舞台」とは、世界と劇場の二つの意味が掛けられているのです。シェイクスピア作品は、世界を象徴する舞台で上演され、さらに観客の想像力によって壮大なスケールを帯びます。二五〇〇人から三〇〇〇人もの観客が収容可能だったというのですから、こちらもかなりのスケールだったと言えそうです。

Q.41 舞台には大道具などもありましたか？

But pardon, gentles all, / The flat unraised spirits that hath dared / On this unworthy scaffold to bring forth / So great an object.

(*King Henry V*, Prologue, 8–11)

舞台は柱以外に何もない空間でした。もちろん背景画などの大道具を舞台に設置することもありません。場所や日時、寒暖、登場人物たちの名前や関係性などはすべて台詞に書き込まれ、観客は台詞を聴いて想像力によって様々な場所や光景を舞台の上に思い描いたわけです［⇩Q59］。

とはいえ、仕掛けがまったくなかったわけではありません。舞台後ろの二階ギャラリー席は、『ロミオとジュリエット』の有名な場面のように、バルコニーとして用いられましたし、楽屋の出入り口の一つにカーテンを掛け、その奥の（discovery space と呼ばれる）スペースを舞台の一部として用いたりもしました。例えば『冬物語』の彫像の場面では、そうした奥まった空間が効果的に使われたと考えられます。また舞台下には「奈落」が設けられており、ハムレットの父親の亡霊はそこから登場することができたでしょう。一方、『シンベリン』のジュピター降臨は、天蓋の引き戸を開いてそこに登場させるか、天蓋から役者を吊り下ろしたと思われます。劇場の構造を最大限に利用していたのですね。

ちなみにシェイクスピアが最初に巨大な書き割り（背景画）を見たのは、おそらく、ジェイムズ一世が好んだ宮廷仮面劇においてだったと思われます。イタリアで建築学の素養を積んだイニゴー・ジョーンズ（一五七三〜一六五二）が舞台美術を担当し、莫大な費用をかけて壮大な額縁舞台をホワイトホール宮殿に組み上げました。新しい時代の演劇の始まりを、シェイクスピアは肌で感じていたことでしょう。

演劇は本質的に遍在性を持つエンターテインメントです。演じる空間さえあれば、そこが劇場になるからです。シェイクスピアの劇団が通常使ったのは、シアター座やグローブ座など、平土間の上が青天井の大衆劇場でしたが［⇩Q40］、一六〇八年以降は、新たに購入したブラックフライアーズ座というこぢんまりとした屋内劇場とグローブ座を併用しています。

　劇団が使用したのはこうした常設劇場だけではありません。『間違いの喜劇』

Q.42 大衆劇場の他にどんな劇場がありましたか？

This green plot shall be our stage, this hawthorn brake our tiring-house; and we will do it in action, as we will do it before the Duke.

(*A Midsummer Night's Dream*, 3.1.3–5)

がロンドンのグレイ法学院のホールで、また『十二夜』がミドル・テンプル法学院のホール（図）で上演されたように、高等教育機関の建物も劇場として使用されました。祝祭時期には御前公演が行われますが、上演でほぼ毎シーズン使われたのは、ウェストミンスターにあったホワイトホール宮殿（一六九八年焼失）でした。『リア王』や『オセロー』、『冬物語』などの宮廷上演はすべてホワイトホールで行われています。

一方、劇団がロンドンから地方巡業に出かけるとなれば、上演場所は逗留先の旅籠《はたご》、貴族の館、教会、市議会ホール、市場など、行った先の都合で臨機応変に変わります。

　シェイクスピアにとって「劇場」という概念は、私たちの時代よりもっと柔軟なものだったのです。

一番手強い商売敵は、名優エドワード・アレン（一五六六～一六二六）率いる海軍大臣一座《アドミラルズ・メン》。テムズ川南岸バンクサイドのローズ座を本拠地にして興行を展開し、人気を博していました。ローズ座の興行主はフィリップ・ヘンズロウ（一五五〇？～一六一六）。アレンはヘンズロウの娘婿で、血縁関係がヘンズロウと海軍大臣一座の絆を一層強固にしていました。宮内大臣一座《チェンバレンズ・メン》（後の国王一座）がシェイクスピアという座付き劇作家を擁していたのに対し、海軍大臣一座はマーロウやトマス・デカー（一五七二？～一六三二）などフリーランスの劇作家を取り揃えて対抗し、宮内大臣一座がローズ座の隣にグローブ座を建てて勝負に出ると、海軍大臣一座はロンドンの北、市郊外にフォーチュン座を新しく建設するとい

Q.43 商売敵の劇場や劇団はありましたか？

But there is, sir, an eyrie of children, little eyases, that cry out on the top of question, and are most tyrannically clapp'd for't. These are now the fashion, and so berattle the common stages ［...］.

(*Hamlet*, 2.2.334–37)

った具合です。［⇩クローズアップ2］

もうひとつの商売敵は少年劇団です。大聖堂や王室礼拝堂付属の少年聖歌隊は、語学力や胆力の訓練として演劇を取り入れましたが、商魂たくましい劇場経営者が聖歌隊を劇団として商業化しました。特に一六〇〇年頃、いくつかの少年劇団が屋内劇場を本拠地に市民の揶揄《やゆ》や宮廷諷刺《ふうし》、劇作家批判など毒を含む演目を上演し、都会の知識人層に大歓迎されました。『ハムレット』には少年劇団への冷笑的な言及が挟み込まれています――「最近子どもの一座が黄色い声を張り上げて拍手喝采を浴びております。これが今の流行で、これまでの芝居を大衆演劇などと呼んでこきおろすのです。剣を身につけた伊達男たちは作者のペンを恐れて大衆劇場には寄りつきません。」

Q.44 出演者は全員男性だったのですか？

I shall see / Some squeaking Cleopatra boy my greatness / I'th'posture of a whore.

(*Antony and Cleopatra*, 5.2.218–20)

当時の劇団は女優ではなく少年俳優を使うホモソーシャルな集団でした。その理由は色々と考えられます。女性による演技が破廉恥な行動と認識されていた可能性はあるでしょう。しかし国教会の論客は演じること自体を道徳的に非難しており、攻撃対象は女性に限りませんでした。地方都市や組合の祝祭では女性が演じた記録も見られ、実際、メアリー・フリス（一五八四?～一六五九）という女掏摸《すり》がフォーチュン座に男装して登場してもいます。

ではなぜ少年俳優なのでしょう？『十二夜』に登場するヴァイオラは、少年俳優が女装をして演じているわけですが、劇中ではほとんど女性キャラではなく少年として活躍し、大団円で再び女性キャラへと戻っていきます。ついでに言うと『ヴェニスの商人』のポーシャ、『お気に召すまま』のロザリンド、『シンベリン』のイモージェンも、男に変装する（＝少年が素で演じる）ことで劇の面白さを増し加えているのです。

シェイクスピアは女優よりも少年俳優に演劇的な魅力や可能性を見出していたに違いありません。女性を女性が演じたのでは面白くない、むしろ少年がジェンダー境界線の曖昧な部分を演じることに意味があるということでしょう。こうした少年俳優の特質を好んで劇作に利用するのは彼に限ったことではありません。ジョン・リリー（一五五四～一六〇六）の『ガラテア』（一五八八年初演）やジョンソンの『エピシーン』（一六〇九年初演）もしかり。そういうわけで女優の登場は、一七世紀後半まで待たねばなりません。

Q.45 誰が何の役をやったかわかりますか？

Kemp　**Yea mary, let them come before mee, what is your name, friend?**

(*Much Ado about Nothing*, 1600 年版)

主要登場人物は『作品集』に記載のある二六人の幹部俳優たちにより演じられたことは確実ですが、各劇の配役表が残っていないため詳しいことはわかりません。ただ、国王一座の人気俳優リチャード・バーベッジが一六一九年三月に逝去した時に書かれた追悼詩は、彼がハムレットやリア、オセローを演じたと述べています。

台本の話者表示やト書きに俳優の名前が偶然紛れ込んでいる場合もあります。例えば、一六〇〇年に出版された四つ折り版『から騒ぎ』の四幕二場の話者表示は、本来喜劇的戯《おど》け役の「ドグベリー」となるべきところに「［ウィリアム・］ケンプ」、相手方の戯け役「ヴァージス」の代わりに「［リチャード・］カウリー」と、宮内大臣一座の喜劇役者の名が記されています。こうした偶然が配役を裏付ける根拠となります。

また、シェイクスピアは座付き作家でしたから、当て書き（演じる俳優を決めて劇作をすること）をしていたはずで、特に一六〇〇年前後から登場する賢い道化（『お気に召すまま』のタッチストーン、『十二夜』のフェステ、『リア王』の道化など）は、ケンプに代わって宮内大臣一座に加入した職業道化のロバート・アーミン（一五六三～一六一五）を念頭に置いていたと考えられています。アーミンは『愚者の愚者観』（一六〇五年）を著した言わばインテリ道化で、音楽の才能もありました。「あの人は賢いから阿呆を演じられるのね」（3.1.59）という『十二夜』のヴァイオラの台詞は、フェステを演じる道化アーミンに対するシェイクスピアの賛辞だったのかもしれません。

Q.46 観劇料はいくらですか？

An I had but one penny in the world, thou shouldst have it to buy gingerbread.

(***Love's Labour's Lost***, **5.1.67–68)**

グローブ座やローズ座など大衆劇場の場合、入り口で一ペニーを払えば、平土間に立ってお芝居を観ることができました。当時、熟練した職人の日給が一シリング（一二ペンス）ほどですから、仮に一シリングを一万円として計算してみれば、入場料は八〇〇円ほどでしょうか。桟敷《さじき》席に座って観たい場合は、平土間から桟敷席に入るところで（桟敷席に直接アクセスできる木戸口が設けられた劇場もありました）さらにもう一ペニー、舞台に近くて椅子にクッションが敷いてある座席はもう一ペニーを支払います。一番高い席料は、舞台後ろのバルコニーに設けられた「貴賓室」（lords' room）と呼ばれる個室で、こちらは六ペンス。こうしてみると観劇は庶民にも手が届く身近な娯楽だったことがわかります。

一方、ブラックフライアーズ座など屋内劇場の場合は、最低でも観劇料は六ペンスかかりましたから、観客はどうしても富裕層が多くなります。ステージ横の床几《しょうぎ》席に腰掛けて自分のファッションを見せびらかしたい伊達男などもいて、そういう輩の場合には二シリング（二四ペンス）かかります。観劇料が高額になるのは劇場だけでなく、プレミア上演かどうかにもよります。例えばベン・ジョンソンの『バーソロミュー・フェア』は、バンクサイドに新しく建設された大衆劇場ホープ座のこけら落としとして一六一四年一〇月三一日に上演された芝居ですが、席料は六ペンス、一二ペンス、一八ペンス、二シリング、半クラウン（二シリング半）の五段階。かなり強気な値段設定です。［⇩クローズアップ4］

歴史人口学者の調査によれば、一五八〇年に一〇万人だったロンドンの人口は一六〇〇年で約二倍になり、しかもその四〇パーセント近くが五歳から二四歳だったそうです。大衆劇場は、私たちが想像する以上に、多くの若者たちで溢《あふ》れていたことでしょう。実際、様々な記録に芝居の常連として登場するのは、法学院の学生やロンドン市民、職人や徒弟たちです。市当局は劇場が貧しい若者たちや徒弟たちの暴動の引き金となることを恐れていました。実際、劇場から騒擾《そうじょう》事件が起こることもしばしばありました。劇場は数多くの若者たちを合法的に集めることのできた娯楽施設だったのです。

劇場は大陸の海外旅行者や外交官なども引きつけました。一五九八年夏にロンドンを訪れたボヘミア出身の若き貴族ズデニェック・ブルトニツキーは、何度も芝居小屋に足を運んだと日記に書き残しています。またスイスの医者トマス・プラターも翌年秋にロンドンに滞在し、観劇を楽しみました。さらに芝居の常連には貴族や貴婦人、紳士淑女、洒落者、軍人、占星術師がおり、しばしば掏摸《すり》も紛れ込んでいました。

意外なのは女性観客がかなり数多くいたことです。一五八七年、海軍大臣一座による『タンバレイン』第二部の上演中に、役者の使用した小銃の空砲が暴発し、その破片で芝居を観に来ていた客が命を落としたのですが、被害に遭ったのは、子どもと妊娠中の女性でした。大衆劇場はまさに、社会のあらゆる階層や世代の男女が同じ芝居を楽しめる稀有な娯楽施設だったのです。

Q.47　どんな客が芝居を観に来ていましたか？

I would there were no age between ten and three-and-twenty, or that youth would sleep out the rest; for there is nothing in the between but getting wenches with child, wronging the ancientry, stealing, fighting.

(*The Winter's Tale*, 3.3.58–61)

昭和の時代、映画館には「おせんにキャラメル、アンパンにラムネはいかが」と売り子の声が響きましたが、当時の大衆劇場もそんな感じでした。上演中にリンゴやオレンジ、ナッツにエール、ショウガパンなどが売られ、観客は飲食しながら芝居を楽しみます。大衆劇場の平土間はニンニクやビールの臭いが鼻をつきました。

観客は笑ったり拍手したり、野次ったり、不平を鳴らしたり。一方、舞台上の道化が、当意即妙の受け答えで、野次った観客を見事にやり込めたという話も残っています。シェイクスピアは道化が芝居そっちのけで客をいじる笑いが大嫌いで、「台本にない台詞を道化にしゃべらせるな。なかには自分から笑ってみせて、反応の悪い客から笑いを取ろうとする奴がいる。お蔭で芝居の本筋はどこへやら。まったく下劣極まる。そんなことをする道化の野心こそあさましい」とハムレットに言わせています。

屋内劇場では、貴族や洒落者が吹かすタバコや照明の蠟燭《ろうそく》の臭いが特徴的でした。作家たちは観客の様子を面白おかしく描写しています――幕間ごとに音楽が演奏される間、左肩に無造作に上着を引っかけて、お馴染みの紳士と恭しく話を始め、顔馴染みではなくとも幕間ごとに立ち上がって初対面の人に挨拶をする洒落者たち。目立つ所に陣取り、知人すべてと挨拶を交わし、幕間に立ち上がってわざと上着を落とす紳士、それを見て「あれは誰？」と色めき立つご婦人…。富裕層が集まる屋内劇場には、いわば社交サロン的な雰囲気が出来上がりつつあったようです。

Q.48 上演中の劇場はどんな様子でしたか？

And let those that play your clowns speak not more than is set down for them; for there be of them that will themselves laugh, to set on some quantity of barren spectators to laugh too.

(*Hamlet*, 3.2.36–39)

シェイクスピアのような職業劇作家が現れる前、観客が好んで観ていた芝居を一言で括《くく》れば「騎士道冒険魔術決闘ロマンス」――人気食材を全部使ったごった煮料理のようなものです。箸休めが台詞そっちのけで客を笑わす喜劇役者の即興芸なら、締めはジグでしょうか〔⇩Q39〕。

ロンドンに初めて常打ち小屋が建築されたのは一五七六年。それから一〇年も経つと芝居小屋はロンドンに少なくとも五つを数えるようになり、観客の争奪戦が始まります。劇場興行主や劇団幹部にしてみれば、斬新かつ集客力の見込める芝居が必要で、客の心をつかむための企業努力は、必然的に知的素養のある劇作家の開拓へと行き着きます。雇用する側にとって好都合だったのは、その頃、大学を卒業しても実入りの良い職に就けない知識人がロンドンに少なからず現れ始めたことでした。一方、求職中の知識人にとって、劇作は世間体の悪い仕事でしたが、大学で得た文化資本を生かして生活費を稼げます。こうしてマーロウを筆頭に「大学才人」と呼ばれる劇作家たちが演劇界を席巻し、大衆劇場は新たな娯楽と文化の発信地となりました。

『タンバレイン大王』のような観客の度肝を抜く英雄劇、マキャヴェッリ的悪党が大活躍する悲劇、セネカ風のセンセーショナルな復讐劇、ロマンティック・コメディ、さらにシェイクスピアが新しく開拓した一連の歴史劇、ベン・ジョンソンが切り拓いた諷刺喜劇などなど。一五九〇年代からイギリス演劇文化は一気に百花繚乱《りょうらん》の時代を迎えることになります。

Q.49 他にはどんな劇が上演されていましたか？

The quick comedians / Extemporally will stage us and present / Our Alexandrian revels.

(*Antony and Cleopatra*, 5.2.215–17)

Q.50 性格と体液は関係があるのですか？

Who, he? I think the sun where he was born / Drew all such humours from him.

(*Othello*, 3.4.29–30)

「誰？　主人が？　きっとあの人の生まれ故郷の太陽が、そういう気質を全部吸い取ってしまったのでしょう」――オセローの性格が嫉妬深さからほど遠いと言う時に、デスデモーナはhumoursという言葉を使っていますが、これは私たちの知る「ユーモア」とは違います（「上品な機知」の意味が登場するのは一七世紀中庸になってから）。シェイクスピアの頃は、古代ギリシアのヒポクラテス医学の影響で、「人間の体液、気質」の意味で用いられていました。

人間の体液は、血液、粘液、黄胆汁、黒胆汁の四体液（four humours）から成り、空気（熱・湿）の元素からなる血液は人間を快活で社交的な性格（多血質）に、水（冷・湿）の元素からなる粘液は冷静で粘り強い性格（粘液質）に、火（熱・乾）の黄胆汁は短気で荒々しく行動的（胆汁質）に、そして土（冷・乾）の黒胆汁は思索的（憂鬱質）にすると考えられていました［⇩Q51］。血液型性格分類に似ていますね。環境や食生活、星の影響などにより体液バランスは変化し、四体液がバランス良く調和して混ざり合っていれば心も身体も健康です。しかし何らかの理由で、体液のいずれかが多くなると、その気質が強く表出し、結果的に様々な病気を誘発してしまいます。

嫉妬深さは主に黄胆汁の過多により引き起こされると考えられていました。つまりデスデモーナは、ムーア人オセローが育った故郷アフリカの太陽の熱が、黄胆汁的性質を彼の身体から蒸発させたのだと言いたいのでしょう。シェイクスピアは当時の体液理論をしっかり押さえていたのですね。

四体液の中でも黒胆汁の過多で表出する憂鬱質《メランコリー》は、心の病気を誘発する気質と考えられていました。憂鬱質が引き起こす典型的な精神病には、例えばジョン・ウェブスター（一五七八?〜一六三八?）の傑作悲劇『モルフィ公爵夫人』（一六一三年頃に執筆）でファーディナンド公爵が罹《かか》る狼狂（lycanthropy）、つまり自分が狼であると信じ込んでしまう精神病があります。憂鬱症の危険性は、国王クローディアスも認識しています――「奴の心に何かがあって、それを憂鬱が抱え込んでいる。殻を破って雛《ひな》がかえれば危険極まりない。」（3.1.164–67）もちろんハムレットの場合、復讐のために憂鬱症や狂気を演じているのですが。

その一方で、憂鬱症になりやすいのは知的で内省的で高貴な人だと考えられていたので、憂鬱質は人にモテそうな、肯定的なイメージを持っていました。『お気に召すまま』に登場する「憂鬱症のジェイクイズ」（2.1.26）は、憂鬱を気取る人々がいかに多かったかを教えてくれます――「憂鬱質といっても私の場合は学者とは違う。あれはただの競争心だ。音楽家とも違う。あれは妄想癖だし、宮廷人の憂鬱質とも違う、あれは自尊心だ。軍人のそれとも違う、あれは野心。法律家とも違う、あれは策士の邪心。貴婦人とも違う、あれは気難しいというだけのことだ。」とは言え、ジェイクイズ自身の憂鬱症も旅人特有の感傷癖《センチメンタリズム》とさほど変わらないように思えるのですが。

憂鬱はこの頃、気質による心理的・身体的病理から、演じたり気取ったりできるポーズへと変質し始めていたのです。

Q.51 憂鬱キャラだとモテたのですか？

I have neither the scholar's melancholy, which is emulation, nor the musician's, which is fantastical, nor the courtier's which is proud; nor the solder's, which is ambitious; nor the lawyer's, which is politic; nor the lady's, which is nice ...

(*As You Like It*, 4.1.10–14)

Q.52 寝取られ亭主になぜ角が生えるのですか？

There will the devil meet me like an old cuckold with horns on his head.

(*Much Ado About Nothing,* 2.1.38–39)

作品でしばしば揶揄《やゆ》される「寝取られ亭主」（cuckold）。その語源はフランス語で、カッコウ（cucu）に軽侮的接尾辞のaultが付けられたものとか。雌鳥がつがう相手を変えること、あるいは他の鳥の巣に卵を産むことからの連想でしょうか。寝取られ亭主は中世の時代から揶揄の対象でしたが、額に「角」が生えるという発想は一六〜一七世紀だけに見られる現象です。その起源は諸説ありますが、中でも興味深いのは、去勢して太らせた（食用の）雄鶏（capon）に関する説です。

寝取られ亭主は一二〜一六世紀の高地ドイツ語でhahnreiと言い、文字通りの意味は「ノロジカ（rē）のような雄鶏（han）」で、去勢鶏を指します。当時、雄鶏を去勢する際には、睾丸《こうがん》や鶏冠《とさか》だけでなく、人を傷つける恐れのある蹴爪も切り取る習慣がありました。そして鶏冠を切り取った後の傷口に蹴爪を移植すると、蹴爪が大きくなって角のようになり、それが去勢鶏の判別に役立ったというのです。役立たずの亭主（＝去勢鶏）に角が生えるという発想は、こうした習慣に由来するのかもしれません。

家父長制的な考え方の強い時代ですから、家長が妻や財産などの「所有物」をまんまと盗られて地域社会の笑いものになることへの不安感が、去勢鶏だけでなく、オウィディスの『変身物語』で鹿に変身させられてしまうアクタイオンなど、角にまつわる様々な逸話を連係させ、この時代特有の奇異なイメージを生み出したのでしょう。シェイクスピアはそこからも文学的インスピレーションを得ていたのです。

Q.53 人々はどんな世界観を持っていましたか？

Doubt thou the stars are fire; / Doubt that the sun doth move; / Doubt truth to be a liar; / But never doubt I love.

(*Hamlet*, 2.2.115–18)

詩人ダンテ・アリギエーリ（一二六五～一三二一）は『神曲』天国篇で、プトレマイオス的天動説の宇宙、すなわち地球の周りに月、太陽、木星など諸遊星の天があり、その上に恒星天、さらに天使たちの住む原動天、神の住む至高天が存在する宇宙を描いています。こうした世界観はシェイクスピアにも馴染みのあるものでしたが、それが大きく揺らぐ過渡期が、彼の生きていたルネサンスという時代です。

　天文学者ニコラウス・コペルニクス（一四七三～一五四三）が提唱した地動説を初めてイギリス人に紹介したのは数学者で下院議員のトマス・ディッグス（一五四六？～一五九五）です。彼は一五七六年に暦書を出版し、その本にコペルニクスの著書『天球の回転について』（宇宙論の部分のみ）の英訳「天体軌道の完全な記述」を付録として掲載しました。この頃、すでにイギリス人は新しい世界観に触れていたのです。

　ハムレットはオフィーリアに宛てた恋文で「星々の燃ゆるを疑おうとも、太陽の動くを疑おうとも、真実のまことを疑おうとも、わが愛を疑うなかれ」と綴ります。太陽が動く従来の世界観が崩れても、自分の愛だけは疑ってほしくない。この恋文の背後に感じられるのは、そうした時代的な不安感です。さらにハムレットは語ります――「この頭上の素晴らしい蒼穹《そうきゅう》、金色に輝く星をちりばめた神々しい天蓋も、今の俺には有毒で濁った気体の集合にしか見えない。」(2.2.298-301) 世界への幻滅はハムレットの個人的な理由のみならず、転換する世界観の影響があったのかもしれません。

61

Q.54 当時、どんな祭日がありましたか？

To-morrow is Saint Valentine's day, / All in the morning betime, / And I a maid at your window, / To be your Valentine.

(*Hamlet*, 4.5.46–49)

人々の生活リズムは教会暦によって形作られていました。一年の始まりは受胎告知を祝う神のお告げの祭日《アナンシエーション》（三月二五日）。その日から九カ月後がクリスマスです。降誕節はクリスマスから十二日目の一月六日まで。その期間、宮廷では盛んに芝居が上演されます。作品名の「十二夜」は降誕節の最終日（六日）の夜のことです。

最も重要だったのは復活祭《イースター》（春分の日の後、最初の満月の日の直後に来る日曜日）。この日を基準に他の祭日が決まるからです。復活祭四〇日前の水曜日は灰の水曜日《アッシュウェンズデイ》と呼ばれ、その日から復活祭前日までが四旬節《レント》という改心と節制の季節です。四旬節に入る前の三日間が懺悔季節《シュローヴタイド》で、地中海地域では謝肉祭《カーニヴァル》が行われますが、イギリスではこの期間、闘鶏、蹴球、宴会などが行われ、宮廷での演劇上演も盛んです。復活祭から五〇日目が聖霊降臨日《ペンテコステ》で、この時期は教区教会でエールが振る舞われました。聖バレンタインや聖バーソロミューなどの聖人記念日もシェイクスピアには馴染み深かったようで、作品でしばしば言及されています。

古代ローマの祝祭に由来するのが五月祭（五月一日）です。五月祭の女王《メイ・クイーン》を選び、五月柱《メイポール》を囲んでの踊り、様々な遊戯や競技、ロビン・フッドに扮《ふん》する役者たちのモリス・ダンスなどが行われました。その日は恋人同士で森に連れ立ち、性交渉を持つ機会にもなったとか。政治上の暦ももちろん重要で、エリザベス女王（十一月一七日）やジェイムズ一世（三月二四日）の即位記念日には、騎士の華やかな出で立ちをした宮廷人による御前馬上槍試合が催されました。

Q.55 「熊いじめ」ってどんな見世物？

Oft have I seen a hot o'erweening cur / Run back and bite, because he was withheld; / Who, being suffered with the bear's fell paw, / Hath clapped his tail between his legs and cried.

(*King Henry VI, Part 2*, 5.1.149–52)

「その見世物ならよく見たぞ。熊が杭《くい》に繋《つな》がれているから、犬は気が大きくなって興奮し、跳ね回っては噛《か》み付いたりしているが、ひとたび熊の凄まじい前足の一撃を食らうと、尻尾を巻いてキャンキャン鳴きわめく」———シェイクスピアの作品には、熊いじめへの言及がしばしば登場します。演劇や闘鶏と同様、熊いじめは人気のある気晴らしでした。現代とは違って、当時は動物が保護されるべき対象ではなく、人間に危害・損害を与えることがないよう支配し、活用すべき対象と見なされていました。

熊いじめの人気は、一五六〇年代までにロンドンに熊いじめ場が建設されていたことや、一五八三年に熊いじめ場で客席の崩落事故があった時、ホリンシェッド年代記によれば、そこに数千人がいたと報告されていることからもわかります。エリザベス女王や貴族たちも、ホワイトホール宮殿の槍試合場で定期的に開催されていた熊いじめを楽しんでいました。

シェイクスピアは熊いじめのイメージを巧妙に芝居に生かしています。敵軍に追い詰められたマクベスは自分自身を熊に喩《たと》えて言います———「奴らは俺を杭に繋いだ。逃げ道はない。こうなったら熊のように、最後まで闘わねば。」(5.7.1–2) 絶体絶命という感じがひしひしと伝わってきますね。

Q.56 エリマキトカゲのような襟は流行《はやり》？

Will we return unto thy father's house ... / With ruffs and cuffs.

(*The Taming of the Shrew*, 4.3.53–56)

貴族の肖像画などで見かける襞襟《ひだえり》(ruff)。もとは単に襟の襞飾りだったのですが、一六世紀中葉から着脱可能な襞襟が登場します。洗濯糊《のり》の量産や糊付けの技術が一五六〇年代に大陸からもたらされ、ワイヤーで形を整える手法が浸透すると、襞襟は大きく派手になり、八〇年代までには創意に富むデザイン、巨大なサイズの襞襟が見られるようになりました。

　そうした奢侈《しゃし》なファッションに敵意を抱くピューリタンの論客フィリップ・スタッブズは、『悪弊の解剖』（一五八三年）で「半径が首から優に二〇センチ（もしくはそれ以上）もある」「馬鹿でかい化け物のような襟」を槍玉《やりだま》に挙げ、「悪魔がこうした大きな襞襟を最初に発明したのだ」と述べています。なるほど、確かにピューリタン聖職者の襞襟（図右）は小さく控えめです。

　一七世紀に入ると大きな襞襟は急速に廃れます。『じゃじゃ馬ならし』のペトルーチオが最高のおしゃれアイテムのひとつとして襞襟に言及するのは、ダサい服が嫌いなキャタリーナを困らすためでしょう。実際、襞襟をつけたシェイクスピアの肖像は存在しません。チャンドス肖像画［⇩Q1］は折り襟（bands）でリンネルのシャツの一部のようですし、『作品集』の肖像画では立て襟（rebato）をお召しのようです。天才劇作家はファッションにも敏感でした。

Q.57 反ユダヤ主義的偏見があったのですか？

I am a Jew. Hath not a Jew eyes? Hath not a Jew hands, organs, dimensions, senses, affections, passions?

(*The Merchant of Venice*, 3.1.51–53)

『ヴェニスの商人』に登場するシャイロックは、エリザベス朝社会に浸透していた反ユダヤ主義的偏見を反映しています。マーロウ作『マルタ島のユダヤ人』（一五八九年頃上演）の主人公バラバスのように、当時ユダヤ人は鉤鼻《かぎばな》をした悪魔のような存在として描かれました。シェイクスピアも、そうした差別的ユダヤ人表象に基づいて、シャイロックをキリスト教徒への強烈な憎悪に満ちた人物として造型しています。しかしそれは彼がそうした偏見に無頓着だったことを意味してはいません。

注目すべき点は、シャイロックが自分の怒りや悲しみを露《あら》わにすることで、非常に人間味溢《あふ》れた悪党になっていることです。「おれはユダヤ人だ。ユダヤ人には目がないというのか？　手がないというのか？　五体がないというのか？　感覚が、感情が、情熱がないというのか？」その一方で、キリスト教徒の登場人物たちは、慈悲や隣人愛を説くにもかかわらず、ことユダヤ人に対してはキリスト教倫理が棚上げされ、差別や暴力を許容する心理状態になるという矛盾が作品には見え隠れしています。

シェイクスピアは反ユダヤ主義的偏見をドラマ作りに採用しつつ、抑圧される少数派への目配りを忘れてはいないように思えます。人々から忌み嫌われる少数派を理解するのに、いかに豊かな想像力と宗教的寛容とが必要かということは、現代世界で起きていることを考えれば察しはつきます。迫害を受ける少数派の痛みに光が当てられるのは、彼の想像力と洞察力によるところが大きかったに違いありません。

『ヘンリー五世』でコーラス役は「我らが女王の将軍様も、やがて反乱軍の者どもを剣先に串刺しにして、アイルランドから凱旋《がいせん》されたら、町中の人々から大歓迎を受けることでしょう」と述べています。シェイクスピアがこの作品を執筆していた一五九九年頃、「女王の将軍様」エセックス伯ロバート・デヴァルー（一五六五～一六〇一）の率いるイングランド軍は、アイルランドにおける反乱鎮圧のために遠征中。シェイクスピアが芝居の中で実在の貴族にエールを送るのは異例のことで、彼自身、エセックス伯の遠征に前のめりだった感は否めません。実際、この作品は国威発揚に利用されてきた歴史もあります。

　とは言え、ガワー大尉の部下で一兵卒のマイケル・ウィリアムズは、変装した国王

Q.58 戦争をどう描きましたか？

Were now the General of our gracious Empress — / As in good time he may — from Ireland coming, / Bringing rebellion broached on his sword, / How many would the peaceful city quit to / Welcome him!

(*King Henry V,* Chorus 5.0.30–34)

ヘンリーを相手に、戦争における個人の犠牲を論じます。「戦場で良い死に方をする奴はほとんどいない。もともと血を流すのが戦争の目的なのだから。誰も情け容赦をかけてなんかいられやしない。」(4.1.40–42)彼の議論はヘンリーによって反論されてはいるものの、シェイクスピアが戦争における個人に観客の目を向けさせるのは、いかにも少数派《マイノリティー》に目配りが利く劇作家らしいやり方です。君主を中心として結束する形の国家を目指す大義名分の前に、市民であろうが貴族であろうが、個人は国王のために自らの命を無残な形で投げ出すことが求められ、国王自身もその責任を負わねばならない——それが戦争なのだとシェイクスピアは登場人物たちの口を借りて語っているように思えます。

トンやトマス・ミドルトンらによる諷刺喜劇で人気を博した。

♠海軍大臣一座（Lord Admiral's Men, 1576–1603）

パトロンはチャールズ・ハワード。海軍大臣に任じられる1585年までは「ハワーズ一座」として活動。1580年代後半に加入した名優エドワード・アレンの活躍によりロンドン二大劇団の一つとなった。興行師フィリップ・ヘンズロウの経営するローズ座とフォーチュン座を本拠地に活動した。⇒ヘンリー王子一座

❤女王一座（Queen's Men, 1583–94）

パトロンはエリザベス一世。枢密院の肝いりでリチャード・タールトンなど有名俳優を色々な劇団から引き抜いて結成された。1588年にタールトンが死去してからは次第に人気が凋落《ちょうらく》。地方巡業が多く、ロンドンではシアター座やカーテン座などを使用。

◆ペンブルック伯一座（Earl of Pembroke's Men, 1591–1601）

パトロンはヘンリー・ハーバート。宮内大臣一座に加入する以前シェイクスピアが一座に所属していたと推測する学者も多い。興行主フランシス・ラングリーの経営するスワン座が本拠地。

♣宮内大臣一座（Lord Chamberlain's Men, 1594–1603）

パトロンはヘンリー・ケアリと息子のジョージ。1594年にシェイクスピアやリチャード・バーベッジらを加えて新結成。幹部が共同経営するシアター座、グローブ座が本拠地。⇒国王一座

♠国王一座（King's Men, 1603–42）

パトロンはジェイムズ一世とチャールズ一世。ジェイムズは即位後の5月19日、宮内大臣一座の劇団員を庇護下に置き、彼らに特権的地位を与えた。本拠地はグローブ座、1609年以降は少年劇団が使用していたブラックフライアーズ座も拠点化した。

❤ヘンリー王子一座（1603–12）

前身は海軍大臣一座。ジェイムズ一世の即位後、ヘンリー王子の庇護を得た。王子が1612年にチフスで死去した後は王女エリザベスの夫フリードリヒ五世をパトロンとして1624年まで活動するが、本拠地フォーチュン座焼失（1621年）後は勢いが衰えた。

クローズアップ ②

シェイクスピア時代の主な劇団（(　) 内は活動時期）

♣レスター伯一座 (Earl of Leicester's Men, 1559–88)

パトロンはロバート・ダドリー。伯爵に叙せられる 1564 年以前は「ダドリー一座」として活動。地方巡業を多く行った。1570 年代前半にジェイムズ・バーベッジ（リチャードの父）が所属。

♠ウスター伯一座 (Earl of Worcester's Men, 1562–1603)

パトロンはウィリアム・サマーセットと息子エドワード。海外巡業を得意としたロバート・ブラウンや宮内大臣一座を脱退したウィリアム・ケンプが所属した。地方巡業を多く行ったが、1602 年にボアズ・ヘッド館を拠点化し、宮内大臣一座や海軍大臣一座に次ぐ劇団となった。ジェイムズ一世即位後はアン王妃の庇護《ひご》を受け、「アン王妃一座」として 1619 年まで活動した。

♥ストレインジ卿一座 (Lord Strange's Men, 1564–94)

パトロンはヘンリー・スタンリーと息子ファーディナンド。ジョン・ヘミングズやケンプが宮内大臣一座に加入する前に所属。1590 年代はシアター座、ローズ座などを使用。1594 年ファーディナンドの死去により団員はいくつかの劇団に離散、残留組は彼の弟ウィリアムの庇護下でダービー伯一座として活動した。

◆王室礼拝堂少年劇団 (Children of the Chapel Royal, 1575–90, 1600–03)

1576 年にリチャード・ファラント座長のもと、御前公演のリハーサルという建前で一般向け上演を開始。1600 年以降はブラックフライアーズ座を拠点にベン・ジョンソンらの諷刺《ふうし》喜劇を上演して成人劇団を凌《しの》ぐ人気を得た。ジェイムズ即位後は（王妃）祝典少年劇団 (1603–13) として活動したが、1609 年に拠点をホワイトフライアーズ座へと移してからは勢いが衰えた。

♣聖ポール少年劇団 (Children of St Paul's, 1575–82, 1586–90, 1599–1606)

聖ポール大聖堂の聖歌隊を母体にして商業演劇に乗り出し、境内に建設された屋内劇場を拠点に活動。1600 年代はジョン・マース

SHAKESPEARE
that is the question

3.
どんな作品ですか？

Q.59 芝居とはどういうものだと考えていましたか？

May we cram / Within this wooden O the very casques / That did affright the air at Agincourt? / O pardon: since a crooked figure may / Attest in little place a million, / And let us, ciphers to this great account, / On your imaginary forces work.

(*King Henry V,* Prologue, 12–18)

芝居の本質とは「自然に対して鏡をかかげることだ、徳高きものの美点も、醜きものの欠点も映し出し、現実世界の状況をありのままにみせることだ」(3.2.20–24)。エルシノアにやってきた旅芸人に、ハムレットは自らの演劇論を語ります。「節度を越えない自然な演技」を重んじるのは、ハムレットだけではありません。『夏の夜の夢』で、アテネの職人たちの大袈裟《おおげさ》な演技を貶《けな》す貴族たちもそうです。こうしてみるとシェイクスピアがリアリズム志向を持っていたことは否定できません。

ただ、職人たちの間抜けな演技に、アテネの大公シーシアスが助け船を出して、「最高の芝居でも人生の影にすぎない、だから最悪の芝居でも、もし想像力で補えば、影ほどにはなる」(5.1.210–11) と語る点は見逃せません。想像力が芝居の肝なのです。同じことは『ヘンリー五世』の序詞役も語っています――「このO字型の木造小屋にかのアジンコートの空を震えおののかせたおびただしい冑《かぶと》を詰めこみうるでしょうか？ ああ、どうかお許しを！ Oの字は数字で言えばゼロですが、末尾につけば百万をもあらわすことができます、そして百万に対してゼロのごときわれらは、ひとえに皆様の想像力におすがりするほかありません」。

つまりシェイクスピアは、演劇がどんなにリアルなものであっても、人生の「影」=虚構にしかすぎないことを正直に告白した上で、それが観客の想像力と結びつく時にこそ、演劇はダイナミックな力を帯びて立ち上がり、演劇として成立するのだと信じているようです。

単独作と考えられているのは、親友ジョン・ヘミングとヘンリー・コンデルが編纂した『作品集』（一六二三年出版）に収録された作品群に、ロマンス劇『ペリクリーズ』を加えた三七作品ですが、この作品は他の劇作家と合作した可能性があります［⇩Q63］。その他に、題扉の情報や書籍商組合の記録が作者をシェイクスピアとしている作品が十数点ありますが、どの程度彼が関わったかは定かではありません。合作の可能性が高い作品として認められているのは『血縁の二公子』、これはジョン・フレッチャーとの共同作業だったのかもしれません。最近では『エドワード三世』もシェイクスピアの作品として収録されるようになっています。

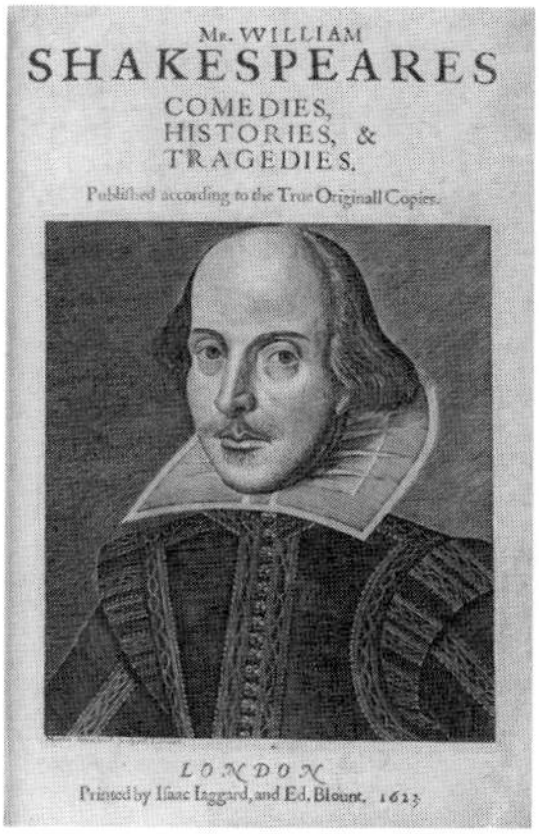

Q.60 何本ぐらい芝居を書きましたか？

And as imagination bodies forth / The forms of things unknown, the poet's pen / Turns them to shapes, and gives to airy nothing / A local habitation and a name.

(*A Midsummer Night's Dream*, 5.1.14–17)

劇作家トマス・ヘイウッド（一五七四？〜一六四一）は合作を含めて二二〇作品を執筆したと豪語していますが、印刷本として残っているのは一割程度。現存している戯曲の数からすると、シェイクスピアの三七作品は多い方です。「考えたことをいとも簡単に表現するので、原稿にはほとんど書き直しがなかった」という『作品集』編纂《さん》者の証言からすると、彼は詩的霊感の風に吹かれるまま、流れるようにペンを走らせ、芝居を完成させていったのでしょう。

Q.61 作品はすべてオリジナルですか？

He that is robb'd, not wanting what is stol'n, / Let him not know't, and he's not robb'd at all.

(*Othello*, 3.3.347–48)

当時の劇作家は、何の躊躇《ちゅうちょ》もなく、先行する物語や戯曲などの材源を使って芝居を書いていました。参考にした元の作品を「種本」とか「粉本」と呼ぶのですが、現代的な基準から言えば、シェイクスピアは剽窃《ひょうせつ》作家ということになるかもしれません。彼が書いたとされる三七作品のうち、『恋の骨折り損』、『夏の夜の夢』、『テンペスト』の三編を除いて、すべて何らかの材源があります。例えば有名な『リア王』は、作者不詳の『リア王実録年代記』(一六〇五年出版)という先行する劇が明らかに種本になっていますし、『ハムレット』の場合も、シェイクスピアのいわゆる「オリジナル」作品ではありません。作者不詳の芝居『ハムレット』が一五八〇年代に上演されていたことがわかっています。戯曲だけでなく、古典作品や歴史書、物語集なども、創作の下敷きとなりました。

シェイクスピアの名誉のために付け加えておくと、そうしたやり方は今日世間を騒がせている「コピペ」のように、他人の作品をそっくりそのまま頂戴して自分の作品と偽ることとは違います。劇作家の本領とは、すでに人々によって親しまれていた劇や物語を自分なりに料理し、観客の嗜好《しこう》に合うよう味付けをすることであり、その出来映えで勝負する、つまり翻案脚色が腕の見せどころでした。実際、『リア王実録年代記』(参考文献(12)を参照)と『リア王』とを読み比べてみてください。プロットの構成、衝撃的な結末、哲学的な奥行きなど、種本をはるかに凌《しの》ぐシェイクスピアの職人芸に驚嘆すること請け合いです。

イングランド軍の捕虜となったジャンヌ・ダルク（一四一二?～三一）がお腹に宿った戦友アランソン公の子供の命を助けてくれるよう乞う場面（『ヘンリー六世第一部』）で、ヨーク公爵は「アランソン、あの悪名高きマキャヴェッリ野郎か！」(5.6.74) と嘲るのですが、よくよく考えてみるとイタリアの政治思想家ニッコロ・マキャヴェッリ（一四六九～一五二七）はこの時代まだ生まれていません。同じような時代錯誤は、トロイア戦争（紀元前一二〇〇年中期）を舞台にした『トロイラスとクレシダ』でアリストテレス（前三八四～前三二二年）に言及したり (2.2.165)、紀元前シチリアが舞台の『冬物語』で画家ジュリオ・ロマーノ（一四九九?～一五四六）に言及したり (5.2.90)、所々に窺《うかが》えます。

Q.62 時代考証してませんよね？

This prophecy Merlin shall make, for I live before his time.

(*King Lear*, 3.2.96)

当時は時代考証を行う習慣も作品に歴史的正確さを求めることもありませんでしたが、それはシェイクスピアが歴史に無頓着だったことを意味してはいません。実際、『リア王』で道化が観客に向かって「この予言は預言者マーリンに言わせることにしよう。おいらが生きているのはあいつよりも前の時代なんでね」と語るように、明らかに年代順が意識されています。つまり時代錯誤は半ば意図的なもので、ドラマを過去に起こったことのように見せかけながら、それを通して現在を語るための巧妙な手法なのです。ちなみにジュリー・テイモア監督の映画『タイタス』（一九九九年）は、敢えて時代錯誤的要素を採り入れることで、いかに作品が現代に訴える力を帯びるかということに気づかせてくれます。

Q.63 他の劇作家との合作はありますか？

The truest poetry is the most feigning.

(*As You Like It*, 3.3.17–18)

大衆演劇の劇作家たちは一つの戯曲を協力し合って書くことが頻繁にありました。シェイクスピアの作品もいくつかは共作だと考える学者もいますが、どこからどこまでが彼の手によるのかを同定することは至難の業です。最近は統計学的な文体解析を行う試みも盛んに行われていますが、決定的証拠にはなっていません。

合作として一般に認められているのは、晩年になって書かれた作品です。合作相手はジョン・フレッチャー（図）。元々はフランシス・ボーモント（一五八四?～一六一六）との合作で頭角を現した劇作家ですが、ボーモントが結婚・引退した一六一三年にコンビを解消してからは、国王一座の二代目座付き作家になりました。悲喜劇が得意分野で、シェイクスピア自身も彼から大きな影響を受けたと言われています。二人が合作したと考えられるのは『血縁の二公子』と『ヘンリー八世』ですが、担当箇所はわかっていません。後者は一六二三年出版の『作品集』に収録されているため、フレッチャーの関わりを否定する向きもあります。『カーディニオー』という作品も二人の合作だったようですが、現存するのは上演記録だけです。

合作を通してシェイクスピアは、次代を担う若き劇作家に劇作の奥義を伝えようとしていたのでしょうか。

Q.64 作品をジャンルに分けると？

Tragedy, comedy, history, pastoral, pastorical-comical, historical-pastoral, tragical-historical, tragical-comical-historical-pastoral ...

(*Hamlet*, 2.2.390–93)

「悲劇、喜劇、歴史劇、牧歌劇、牧歌劇的喜劇、歴史劇的牧歌劇、悲劇的歴史劇、悲劇的喜劇的歴史劇的牧歌劇……。」大学演劇でジュリアス・シーザーを演じた経験のある廷臣ポローニアスは、エルシノアにやって来た巡業劇団のレパートリーを得意げに紹介しますが、シェイクスピアはここで、演劇を様々なジャンルに分類しようとする当時の文芸評論家たちを皮肉っているのかもしれません。彼らを嘲笑《あざわら》うかのように、シェイクスピアの作品は単純な類型化を拒否しています。

『作品集』の目次で、編者のジョン・ヘミングとヘンリー・コンデルは、作品群を「喜劇」「歴史劇」「悲劇」という三つに大きく分類していますが、後世の批評家たちがそれに満足できるはずもなく、またすべての作品を明確にジャンル分けできるはずもありません。例えば『作品集』で「悲劇」に分類されている『シンベリン』は、現代の感覚で言えば、家族の再会と和解で終わる喜劇ですし、悲劇的牧歌劇的喜劇とでも呼ぶべき『冬物語』やファンタジー作品のような『テンペスト』とともに、現在では「ロマンス劇」と呼ばれています。また『作品集』では喜劇に分類された『終わりよければすべてよし』や『尺には尺を』は、「喜劇」と呼ぶにはとても微妙な結末で、「問題劇」とか「暗い喜劇」、「諷刺《ふうし》喜劇」など様々な再定義が試みられています。

既存のジャンルを易々と越境するシェイクスピアの作品群は、彼の芸術的試行錯誤の結果とも考えられますが、それにしても型破りな劇作家という他ありません。

Q.65 いわゆる「四大悲劇」って何ですか?

Come, Sir John, which four will you have?

(*King Henry IV*, *Part 2*, 3.2.225)

『ハムレット』、『オセロー』、『リア王』、『マクベス』四作品のことです。もちろんシェイクスピア自身によるチョイスではなく、後世の研究者たちによる括《くく》りです。A・C・ブラッドリーという二〇世紀初頭のイギリスの学者は、この四つの悲劇がシェイクスピアの円熟期にあたる一六〇一年から一六〇八年にかけて集中的に書かれたことを指摘した上で、悲劇的主人公が放つ魅力と、作品の中で描かれる悪の底知れなさという点で、代表的な悲劇群であると考えています。

エリザベス朝の人たちが「悲劇」と聞いてイメージしたのは、非常に高邁《こうまい》な主題を扱う作品で、特に国事の行方を左右する高位の人物が、自らの性格や意思、行動により、幸福と繁栄の座から転がり落ちて身を破滅させるという内容のお芝居でした。つまり悲劇とは観客に、人間の無常やはかなさを感じさせ、(アリストテレスの言葉を借りれば)カタルシス=精神的な浄化すらも与えるものだと考えられていたのです。そういう点で四大悲劇は、これらの特質を兼ね備えているばかりか、悲劇の常識を凌駕《りょうが》するような「何の慰めもない暗闇と死の世界」(『リア王』5.3.290)を創り上げています。『ロミオとジュリエット』が四大悲劇に含まれないのは、こうした理由のためです。

実際、『ロミオとジュリエット』や『タイタス・アンドロニカス』などの初期の悲劇と四大悲劇を読み比べてみると、悲劇を通してシェイクスピアの描こうとしている問題の質が、明らかに違うとお気づきになることでしょう。

Q.66 どんな喜劇的人物がいますか？

Let me play the fool. / With mirth and laughter let old wrinkles come.
(*The Merchant of Venice*, 1.1.79–80)

喜劇には色々なタイプのキャラクターがいますが、底抜けに楽しいのは『夏の夜の夢』に登場するアテネの職人ニック・ボトムでしょうか。貴族の結婚を祝う余興として職人仲間と一緒に素人芝居を演じることになり、そのリハーサル中、妖精に驢《ろ》馬《ば》の頭を付けられるのも間抜けですが、自信満々の大袈裟《おおげさ》な演技とクサい台詞は極めつけの面白さです。

「ああ勘違い」的な笑いであれば、『十二夜』の執事マルヴォーリオがおすすめです。女主人が自分に恋していると自惚《うぬぼ》れたマルヴォーリオの勘違いぶりは、常軌を逸していて少々笑いが引きつるかも。

『間違いの喜劇』で双子の兄弟と双子の召使いが繰り広げるすれ違いも、ドタバタ的お笑いで楽しませてくれます。双子の兄弟が引き起こすゴタゴタは、古代ローマの劇作家プラウトスによる喜劇『メナエクムス兄弟』が種本［⇩Q61］なのですが、シェイクスピアは双子をもうひと組増やして面白さを倍増させてくれています。

無類の機知と滑稽な性格ゆえに最もファンが多いのは、『ヘンリー四世』に登場する、太っちょ酒飲み騎士フォールスタッフ（図）でしょう。口のたたき方と身体はでかいが、肝の方はノミより小さいという人物。ただ、彼の最期は、夏の終わりのように、観客を少しホロリとさせます。

Q.67 どんな悲劇的ヒロインがいますか？

If you have tears, prepare to shed them now.

(*Julius Caesar*, 3.2.168)

血気盛んな若者たちの悲恋に酔いしれたい場合は、お馴染み『ロミオとジュリエット』をおすすめしますが、悲劇的ヒロインはジュリエットだけではありません。「泣け、泣け、泣け、泣け…。」(5.3.232) リア王がコーディリアの亡骸を抱えて舞台に現れた時の衝撃。誠実さを内に秘めながら老父を愛し続けた彼女が、なぜ死ななければならなかったのか。神が沈黙したその不条理に誰もが言葉を失う場面です。

女性として非常に魅力的に描かれているのは『オセロー』のデスデモーナでしょう。父親の反対にもめげず、嫉妬に狂う夫を受け止めながら、試練を乗り越えて愛を貫き通す強靭《きょうじん》な意志と勇気。デスデモーナは観客に鮮明な印象を与えずにはいません。その彼女が夫に首を絞められ理不尽な死を遂げるクライマックスは胸が詰まります。一方、『ハムレット』のオフィーリアは、ガラス細工のような透明感と脆《もろ》さを持ったヒロインです。父ポローニアスが恋人ハムレットに殺害された後に発狂し、小唄を歌いながら花を配る場面は哀れを誘います。

もしかすると『尺には尺を』に登場する修道女見習いのイザベラも、見方によっては、悲劇的ヒロインと言えるかも。公爵代理のアンジェロから、獄中の兄の命と引き換えに身体を求められたイザベラは、水戸黄門のように変装して内偵をしていた公爵の助けにより、貞操も兄の命も守ることができるのですが、なんと最後に変装を解いた公爵から求婚されるという困った事態に。

悲劇的ヒロインの様々な愛のかたちを堪能してください。

Q.68 どんな悪党がいますか？

Forbear to judge, for we are sinners all.

(*King Henry VI, Part 2*, 3.3.31)

身の毛もよだつ悪党にこそ、尽きることのない魅力があるものです。まずは『オセロー』のイアーゴーに注目してみては。押しては引く巧みな弁舌と絶妙の演技によって、高貴な将軍オセローを嫉妬の狂乱へと引きずり込み、破滅へと導いていく、あの「動機なき悪意」（コールリッジ）の空恐ろしさ。弁舌と演技に長けた悪党という点では、親戚兄弟を次々と殺害して王冠を手に入れるリチャード三世もイアーゴーと同じ系譜に属しています。しかしリチャードが最後には良心の呵責《かしゃく》に苛《さいな》まれて人間的な弱さを露《あら》わにするのに対し、イアーゴーは、捕らえられてからもなお、沈黙の中で悪意をくすぶらせるという悪党ぶり。

　この二人に輪を掛けて凄《すご》いのは、『タイタス・アンドロニカス』のムーア人エアロンです。人を虫ケラのように殺し、最期は生き埋めの刑に処せられますが、私生児として生まれた息子に対する父親らしい愛情を示す、魅力的な悪党です。

　計り知れない人間の恐ろしさを体現した悪党をご所望とあらば、マクベスはいかがでしょう。彼は魔女の予言に唆されて王位簒奪《さんだつ》を決意しますが、いざ主君ダンカンの殺害を行う段になると、実行を躊躇《ちゅうちょ》してマクベス夫人に叱咤《しった》されるような「心根の優しさ」を芝居の冒頭では持ち合わせています。しかし、マクベス夫人が罪の重さで精神的に崩壊する傍ら、彼は王位を守るため次々と血を流し、それにつれて良心の麻痺した凄まじい暴君へと変貌していきます。

　それぞれの悪党が内に抱える荒廃した心象風景に、戦慄を感じてください。

上演回数や観客動員数の記録が残っていないため定かではありませんが、ある程度の指標になるのは出版された芝居です。出版部数はわからないものの、台本が出版されたということは読者の需要が見込まれたからで、さらにそれが版を重ねていれば、根強い人気があったことの証拠になります。シェイクスピアの存命中に一八作品が四つ折り本という安価な判型で印刷されていますが、各作品のその後の再版回数に注目すると、最多は一六二二年までに六版を重ねた『リチャード三世』と『ヘンリー四世　第一部』、その次に『リチャード二世』（五版）が続きます。こうしてみると当時のトップ・スリーはすべて歴史劇によって占められていたことになります。当時の人々にとって歴史劇は、私たちにとっての近現代史のようなものですから、その火付け役だった彼の作品は、やはり人気があったということでしょう［⇩Q14］。

一方、『ハムレット』と『ロミオとジュリエット』は四版を重ねており、この二作品の人気は普遍的なものがあります。『ハムレット』に関してはケンブリッジ大学の教員ハーヴィが「知識人を楽しませるものがある」［⇩Q30］と記しています。現代で最も上演回数が多いのは『夏の夜の夢』だそうですが、当時の版本の売れ行きとしては一六一九年までに二版、これは『リア王』や『ヴェニスの商人』、『ウィンザーの陽気な女房たち』と変わりません。いつの時代も、キャラが立っていたり、プロット展開が秀逸であったりという芝居が、人々に歓迎されるということでしょうか。

Q.69 一番人気だった作品は何ですか？

The play, I remember, pleas'd not the million; 'twas caviare to the general.

(*Hamlet*, 2.2.427–29)

Q.70 作品の全集はいつ出版されましたか？

Devise wit, write pen, for I am for whole volumes, in folio.

(*Love's Labour's Lost*, 1.2.175–76)

シェイクスピアが没して七年後、一六二三年に『ウィリアム・シェイクスピア氏の喜劇、歴史劇、悲劇』が出版されました。サイズは一番大きな「二つ折り本（Folio）」（縦三四×横二三センチほど）で、値段は一ポンド（二〇シリング）、おそらく一千部ほど刷られたと考えられています。熟練した職人の一日の俸給が約一シリングでしたから、大変高価な本だったにもかかわらず、よく売れたことになります。現在残っている初版本《ファースト・フォリオ》は世界で二三〇冊ほど。

当時、聖職者の説教集は二つ折り本でよく出版されましたが、劇作家の作品集が出版されるのは珍しい（そして身の程知らずな）ことでした。その先駆けは一六一六年に出版されたベン・ジョンソンの『著作集《ワークス》』です。それまで芝居は単なるお遊《プレイ》びとみなされ、人気作品が小さな判型で出版されることはありましたが、現代の週刊誌のように、読んだら捨てられて終わりでした。しかしジョンソンは自分の演劇を古典に連なる文学として位置づけ、「著作集《ワークス》」と銘打って二つ折り本で出版しました。つまり演劇を文学として格上げしようとしたのです。著作集出版という点では彼の方がシェイクスピアの先輩だったと言えるでしょう。

シェイクスピアの全集に収録されたのは三六作品［⇩Q60］。編纂者のヘミングとコンデルは「読者諸氏へ」において、いくつかの戯曲の海賊版が滅茶苦茶な本文で出回ったけれども、すべてのテクストを「真正な原典に従って」「五体満足な形に」したと述べています。亡き友への思いやりが感じられる一冊です。

Q.71 二つ折り本とか四つ折り本って何ですか？

He hath songs for man or woman, of all sizes.

(*The Winter's Tale*, 4.4.191)

印刷本の判型のことです。シェイクスピアの台本は印刷本でしか残っていないため、どういう判型で何番目に出版された印刷本のテクストかということがとても大事になります。同じ作品であっても、例えば四つ折り本（Quarto）で最初に出版された版本はファースト・クォート（Q1）、四つ折り本の第二版がセカンド・クォート（Q2）、最初の二つ折り本（Folio）がファースト・フォリオ（F1）などと呼ばれ、それぞれの版本のテクストが個性を持ったものとして区別されているのです。

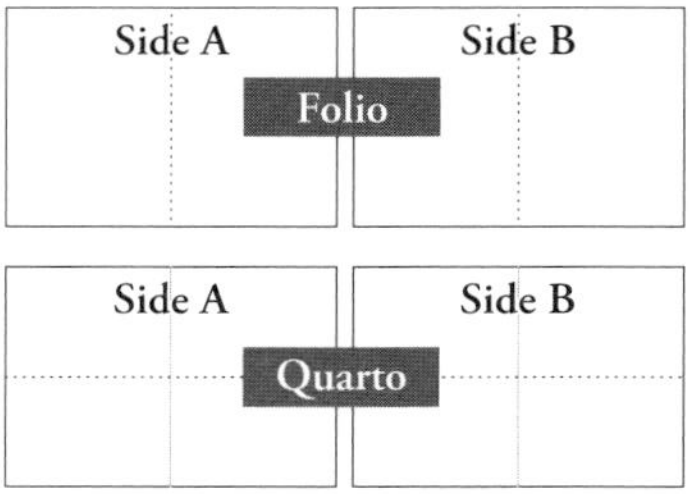

フォリオがなぜ「二つ折り」なのかというと、図で示したように、全紙を二つ折りにしてページを表裏で四ページ作るからです。これが一番判型の大きな本で、当時は神学書や学術的著作などで使われる、言わば永久保存版のサイズでした。ダブロイド版夕刊紙の一ページのサイズはおよそ縦四〇×横二七センチですから、『ウィリアム・シェイクスピア氏の喜劇、歴史劇、悲劇』（F1）の一ページのサイズはそれより少し小さめです。全紙を四つに折ったのが「四つ折り本」、八つに折ったのが「八つ折り本」（Octavo）ですが、これらの判型で出版された演劇作品の印刷本は殆《ほとん》ど残っていません［⇩Q70］。判型がテクストのその後の運命を左右したのです。

郵便はがき

料金受取人払郵便

本郷局承認

5896

差出有効期間
2025年2月28日
まで

113-8790

東京都文京区湯島2-1-1
大修館書店 販売部 行

■ご住所

都道府県	市区郡

■年齢

歳

■性別

男
女

■ご職業（数字に○を付けてください）

1　会社員　2　公務員　3　自営業
4　小学校教員　5　中学校教員　6　高校教員　7　大学教員
8　その他の教員（　　　　　　　　　　）
9　小学生･中学生　10　高校生　11　大学生　12　大学院生
13　その他（　　　　　　　　　　）

24671　シェイクスピア、それが問題だ！

愛読者カード

＊ 本書をお買い上げいただきまして誠にありがとうございました。

(1) 本書をお求めになった動機は何ですか?

① 書店で見て（店名：　　　　　　　　　　　　　　　）

② 新聞広告を見て（紙名：　　　　　　　　　　　　　）

③ 雑誌広告を見て（誌名：　　　　　　　　　　　　　）

④ 雑誌·新聞の記事を見て　　⑤ 知人にすすめられて

⑥ その他（　　　　　　　　　　　　　　　　　　　　）

(2) 本書をお読みになった感想をお書きください。

［　　　　　　　　　　　　　　　　　　　　　　　　］

(3) 当社にご要望などがありましたらご自由にお書きください。

［　　　　　　　　　　　　　　　　　　　　　　　　］

◎ ご記入いただいた感想等は、匿名で書籍のPR等に使用させていただくことがございます。

Q.72 生原稿は残っていますか？

This is not my writing, / Though I confess, much like the character.

(*Twelfth Night*, 5.1.338–39)

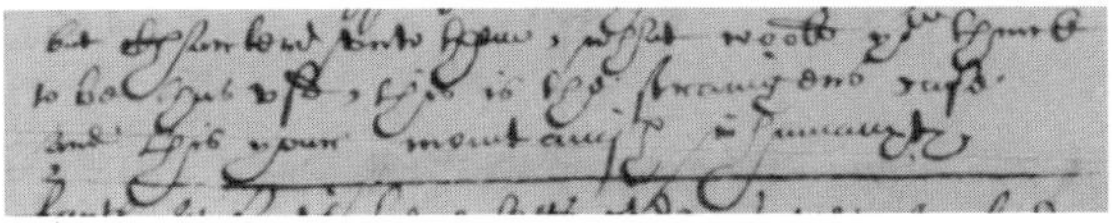

残念ながら、シェイクスピアの自筆原稿は一切残っていません［⇩Q2］。残っているのは、自筆原稿や上演台本などをもとにして印刷された版本だけです。ただ一つだけ、人々の興味を引きつけてやまない原稿が存在します。それは「サー・トマス・モアの台本」と題された手稿本（図・部分）です。これは一五九〇年代前半にアンソニー・マンディー（一五六〇～一六三〇）という劇作家が海軍大臣一座の上演のために書いたものらしいのですが、上演前に祝典局長の検閲を受けたため、削除や修正を求める指示が書き込まれ、さらに少なくとも五人の劇作家が大幅な加筆を行った跡があります。

問題はその加筆部分の一つ（主人公の顧問官モアが五月祭の暴徒を鎮めようとする場面）が、思想やイメージ、文体などの点で、シェイクスピアの作品に酷似しているということです。古文書学者の中には、現存する真筆の署名と加筆部分の筆跡とを比べて、それがシェイクスピアによるものと結論づける人もいます。しかし宮内大臣一座の座付き作家だった彼がどうして駆け出しの劇作家マンディーの戯曲に関わったのか、なぜ商売敵の劇団の戯曲に加筆することになったのかなど、まだまだ解決すべき課題も多いのが現状です。心情的にはシェイクスピア自筆の原稿であってくれればと思いたいのですが…。

Q.73 当局の検閲はありましたか？

Falstaff shall die of a sweat, unless already, be killed with your hard opinions; for Oldcastle died a martyr, and this is not the man.

(*King Henry IV, Part 2,* Epilogue, 27–30)

書き上げられた台本は宮廷祝典局長《マスター・オヴ・ザ・レヴェルズ》がすべて目を通し、問題があれば加筆修正を求めました。シェイクスピアが検閲に引っかかった記録はないものの、外的圧力が原因で台本を修正した形跡はあります。

『ヘンリー四世　第一部』の執筆当初、シェイクスピアは喜劇的人物フォールスタッフにオールドカースルという名前をつけていました。ところが後に名前の変更を余儀なくされたようです。そのことは『ヘンリー四世　第二部』のエピローグで「皆様の手厳しい批評で死んだとなれば別ですが、フォールスタッフは汗かき病で死ぬことになっております。オールドカッスルは殉教者として亡くなられた方で、この男とは別人なのですから」と観客に弁解していることからもわかります。経緯の詳細については故事研究家リチャード・ジェイムズ（一五九一～一六三八）が次のように説明しています。「［オールドカースル］の子孫、そして彼を追慕していた多くの人々の顰蹙《ひんしゅく》を買い、劇作家は窮して、今度は彼ほど信仰に篤《あつ》くはないが、有徳という点では勝るとも劣らぬサー・ジョン・ファストルフを中傷するという無知な方策を取った。」

オールドカースルを敬慕していたのは彼の直系の子孫、第一〇代コバム卿ウィリアム・ブルック（一五二七～九七）や親族だけではありませんでした。プロテスタント国家の歴史的英雄を小心者の酔いどれ騎士として描く芝居に不満を抱いた観客も少なからずいたはずです。シェイクスピアは彼らのそうした感情を測り間違えて、加筆修正を余儀なくされたのかもしれません。

Q.74 イギリス国外でも上演されていましたか？

Crowns in my purse I have, and goods at home,
And so am come abroad to see the world.

(*The Taming of the Shrew,* 1.2.55-56)

イギリスで上演された芝居が、精力的に巡業をこなす旅役者たちによって海を越える――それは当時一般的なことでした。海軍大臣一座の役者だったロバート・ブラウン（生没年不明）は一五九〇年、何人かの同僚を引き連れてオランダやドイツへの巡業を開始。一五九二年八月には国内でも人気の高かったマーロウの戯曲数本をフランクフルトで上演しています。

　その後、ブラウンを筆頭に、彼の役者仲間ジョン・グリーン（図・生没年不明）らが大陸で大活躍。ドイツ語の散文で翻訳された戯曲アンソロジー『イングランドの喜劇と悲劇』（一六二〇年出版）にはブラウン一座のレパートリーが数多く収録され、その中には『タイタス・アンドロニカス』や『ヴェローナの二紳士』もみられますが、どれも原作とはずいぶん内容が異なっています。これは、海外に巡業する役者たちが、国内で入手した芝居台本を、大陸巡業用に改変して上演したためです。

　グリーンが一六二六年にドレスデンで行った公演のレパートリーには、『ロミオとジュリエット』、『リア王』、『ハムレット』、『ジュリアス・シーザー』が窺《うかが》えます。これらも原作通りではなかったようですが、もうこの頃から、シェイクスピアの作品は、イギリス国外でも上演されていたわけです。

Q.75 日本で初めて上演された劇は何ですか？

How many ages hence / Shall this our lofty scene be acted over / In states unborn and accents yet unknown!

(*Julius Caesar*, 3.1.112–14)

一八八五年（明治一八年）、大阪戎《えびす》座で中村宗十郎一座が『何櫻彼櫻銭世中《さくらどきぜにのよのなか》』（図）という作品を上演しました。これは『ヴェニスの商人』を宇田川文海が翻案小説化し、それを勝諺蔵《かつげんぞう》が歌舞伎に脚色したもので、日本の職業劇団による初のシェイクスピア上演だったと言えます。その前年には坪内逍遙によって『ジュリアス・シーザー』（『自由太刀餘波鋭鋒《じゆうのたちなごりのきれあぢ》』）が初めて邦訳されており、日本の本格的なシェイクスピア受容はこの頃に始まりました。

その後、関西では一九〇一年、京都南座で高安月郊《たかやすげっこう》による台本の『闇と光』（『リア王』翻案劇）、大阪朝日座で京都演劇改良会による『紅葉御殿』（『ハムレット』翻案劇）が上演され、東京では一九〇三年、川上音次郎（一八六四～一九一一）・貞奴《さだやっこ》（一八七一～一九四六）によって、設定を明治日本にした『オセロー』や『ハムレット』の翻案劇が上演されています。

原作に忠実なシェイクスピア上演の嚆矢《こうし》は、一九一一年、坪内逍遙の翻訳・演出による帝国劇場の『ハムレット』ですが、台詞や演技の点ではまだ歌舞伎調が抜けなかったとか。シェイクスピアは歌舞伎経由で日本上陸を果たしたわけです。

図：早稲田大学図書館所蔵

Q.76 映画化された作品はありますか？

Ay, much is the force of heaven-bred poesy.

(*The Two Gentlemen of Verona*, 3.2.71)

シェイクスピア作品の殆《ほとん》どは映画化されています。世界初の映画化は一八九九年年、ウィリアム・ケネディー・ディクソン監督、ハーバート・ビアボーム・トゥリー主演のイギリス映画『ジョン王』で、上演時間は四分ほど。翌年にはパリ万国博覧会のために、サラ・ベルナール主演で『ハムレット』の決闘場面が撮られています。

映画というメディアの特性を生かした画期的な作品となったのは、ローレンス・オリヴィエ監督・主演の『ヘンリー五世』（一九四四）。丹念な場面の編集、原作への忠実さ、演出や演技の質の高さにおいて、『ハムレット』（一九四八）や『リチャード三世』（一九五五）とともに、後世のシェイクスピア映画に決定的な影響を与えました。その点ではオーソン・ウェルズ監督・主演による『オセロ』（一九五二）、そしてイタリアのフランコ・ゼッフィレッリ監督による『ロミオとジュリエット』（一九六八）も記念碑的な作品です。近年では、イギリスの俳優で映画監督・脚本家のケネス・ブラナーが登場人物を丹念かつリアルに描き、シェイクスピア作品への深い愛情を感じさせます。［⇩クローズアップ3］

テレビのシェイクスピアも見逃せません。英国放送協会（BBC）が一九七八年から制作した『シェイクスピア劇場』（全三七編）はNHKでも六年越しで放映されたテレビドラマ。二〇一二年と一六年に同じくBBCが放映した歴史劇全編のテレビ映画シリーズ『嘆きの王冠《ホロウ・クラウン》』は、同年開催のロンドン・オリンピックと同様、国家の威信をかけた大プロジェクトでした。

Q.77 翻案された作品はありますか？

He was not of an age, but for all time.

(Ben Jonson, "To the memory of my beloved, the author Master William Shakespeare", *l.* 43)

シェイクスピアを原案・原作として自在に改変が加えられた翻案作品は数えきれません。日本に限って言えば、一八八五年に『ヴェニスの商人』が翻案歌舞伎として上演されて以来［⇩Q75］、シェイクスピアはしばしば伝統的な舞台様式に接ぎ木されてきました。狂言では九世三宅藤九郎による『ぢやぢや馬馴らし』（一九五二）や、フォールスタッフを主人公にした高橋康也の『法螺《ほら》侍』（一九九一）、文楽では道頓堀文楽座のハムレット（一九五六）、能では栗田芳宏によるりゅーとぴあ能学堂シェイクスピアが記憶に新しいところです。

映画では黒澤明監督が『マクベス』の翻案映画『蜘蛛巣城《くものすじょう》』（一九五七）で世界的に脚光を浴びました。『乱』（一九八五）も『リア王』を戦国時代の設定で翻案した作品です。小説では志賀直哉の『クローディアスの日記』（一九一二）、太宰治『新ハムレット』（一九四一）、大岡昇平『ハムレット日記』（一九八〇）など、ハムレットの心的葛藤や彼の置かれた政治的状況が、小説家たちの創作意欲を刺激しました。

音楽エンターテインメントとの融合も見逃せません。宝塚歌劇団で上演された『PUCK』（小池修一郎作・演出、初演一九九二）は『夏の夜の夢』をモチーフに、人間に恋をした妖精パックを描いた人気ミュージカル。劇団☆新感線の『メタルマクベス』（宮藤官九郎作・いのうえひでのり演出、初演二〇〇六）もへヴィメタとマクベスの世界観が絡み合う画期的な舞台でした。

こうしてシェイクスピアはあらゆる時代、あらゆる国の創作者《クリエイター》を刺激し続けています。

Q.78 オペラにもなっているのですか？

Give me some music, music, moody food / Of us that trade in love.

(*Antony and Cleopatra*, 2.5.1–2)

シェイクスピアをオペラ化する試みは、すでに王政復古後「セミ・オペラ」とか「ドラマティック・オペラ」と呼ばれる形で行われていますが、それはイタリアのオペラよりも、舞踏や音楽をふんだんに取り入れたジェイムズ朝及びチャールズ朝の宮廷仮面劇に近いものだったようです。その好例は詩人・劇作家のトマス・シャドウェル（図・一六四二?～九二）による一六七四年のセミ・オペラで、ウィリアム・ダヴェナントとジョン・ドライデン（一六三一～一七〇〇）による『あらし、あるいは魔法の島』（『テンペスト』の改作・一六六七）をオペラ化したものです。

セミ・オペラが独自の発展を遂げることはありませんでしたが、大陸で一八世紀に発達したオペラが、音楽的題材や着想に事欠かないシェイクスピア作品と結びついて豊かな実りをもたらします。ロッシーニ作曲の『オテッロ』（一八一六）、ヴェルディの『マクベス』（一八四七）、『オテッロ』（一八八七）、『ファルスタッフ』（一八九三）、ベルリオーズの『ベアトリスとベネディクト』（一八六二）などはその好例と言えるでしょう。音楽家にとっても想像力の尽きぬ源泉となったシェイクスピア。その文化的影響力の甚大さにはただ驚くばかりです。

Q.79 歴史に名を留めるシェイクスピア役者は？

Our revels now are ended. These our actors, / As I foretold you, were all spirits, and / Are melted into air, into thin air.

(*The Tempest*, 4.1.148-50)

それこそ枚挙に遑《いとま》がありませんが、バーベッジやアーミンに続いて演劇史に金字塔を打ち立てた数名を敢えて挙げるとすれば、男優ではデイヴィッド・ギャリック（図・一七一七～七九）とエドマンド・キーン（一七八七?～一八三三）でしょうか。ギャリックは若い時にサミュエル・ジョンソン（一七〇九～八四）の薫陶を受け、やがて俳優兼劇作家に。堅実なテクスト解釈から生まれる自然な演技と台詞回しが賞賛されました。小柄で悲劇を得意とし、『リチャード三世』で衝撃的デビューを飾っています。彼を理論派の俳優とすれば、キーンは天性の俳優です。旅役者からたたき上げた根っからの俳優で、激情的な演技や天才的な閃《ひらめ》きがロマン派詩人たちに絶賛されました。ただ残念ながら、その才能は私生活の乱れから短命でした。

　女優の双璧はなんと言ってもセアラ・シドンズ（一七五五～一八三一）とエレン・テリー（一八四七～一九二八）。どちらも演劇一家の生まれです。悲劇のヒロインを得意としたのはシドンズで、彼女の声・容姿・知性・気品ともに絶大なる人気を博しました。テリーは幼少の頃から父に演劇の技術を仕込まれ、名子役として有名に。名優ヘンリー・アーヴィング（一八三八～一九〇五）と組んでの二〇年以上に及ぶ演劇活動が彼女の名声を不動のものにしました。

Q.80　今でもイギリスではよく上演されますか？

Play out the play!

(*King Henry IV, Part 1*, 2.4.445)

イギリス国内だけでなく、海外から観劇にくる愛好家も多いためでしょうか、毎年様々な劇団がシェイクスピアの作品を盛んに上演しています。その中でもロイヤル・シェイクスピア・カンパニーは長い歴史を持ち、ピーター・ホール（一九三〇～二〇一一）やトレヴァー・ナン（一九四〇～）といった優れた芸術監督による数々の有名な舞台を生み出しました。一八七九年ストラトフォードに建てられたシェイクスピア記念劇場が、専属劇団を迎えたのが一九一九年。一九六一年にエリザベス女王の勅許を得て劇団名をロイヤル・シェイクスピア・カンパニー、本拠地の劇場をロイヤル・シェイクスピア劇場としました。その後、この劇場の他に、ロンドンのバービカン劇場、ストラトフォードのスワン劇場などでも活発な舞台活動を展開しています。

また一九九七年には、俳優兼演出家サム・ワナメイカー（一九一九～九三）の努力が実り、ロンドン・サザック地区のバンクサイドにグローブ座が復元されました。近年のエリザベス朝劇場研究の成果が取り入れられて、かつてのグローブ座と同じような規模（収容定員は安全基準のため一四〇〇人ほど）と構造で見事に再現されています。このシェイクスピアズ・グローブでは、ミッシェル・テリー（二〇二三年現在）を芸術監督とする劇団が精力的に活動しています。グローブ座の隣にはサム・ワナメイカー・プレイハウスという屋内劇場が二〇一四年に落成しました。照明に蠟燭《ろうそく》しか用いない上演は、ブラックフライアーズ座の様子を彷彿《ほうふつ》とさせ、新鮮な発見があります。

ヴェローナ・ビーチでのマフィア同士の抗争という現代的設定。

✣『ヘンリー五世』(1989) ケネス・ブラナー監督・主演

俳優ブラナーが監督としてシェイクスピアの映画化に初挑戦した作品。王としての人間的葛藤をこまやかに描いています。

✣『から騒ぎ』(1993) ケネス・ブラナー監督・主演

イタリア・メッシーナを舞台にした喜劇が映画の地中海的雰囲気と見事に調和した作品。エマ・トンプソンなど俳優陣も豪華。

✣『恋の骨折り損』(2000) ケネス・ブラナー監督・主演

祝祭喜劇を演劇的なミュージカル映画に仕上げた楽しい作品。

✣『ヴェニスの商人』(2004) マイケル・ラドフォード監督

アル・パチーノのリアルな演技と映像の美しさに魅了されます。

✣『タイタス』(1999) ジュリー・テイモア監督

『ライオン・キング』を演出したテイモアの芸術的感性が随所に光る作品。アンソニー・ホプキンス主演。Q 62 参照。

✣『夏の夜の夢』(2014)　ジュリー・テイモア監督

同じくテイモア監督が、映画と演劇との融合を目指しつつ、刷新的で幻想的な世界を切り拓いた作品。斬新な演出に注目です。

✣『テンペスト』(2010) ジュリー・テイモア監督

原作の主人公プロスペローを女大公プロスペラに翻案する野心作。

✣『禁断の惑星』(1956) フレッド・M・ウィルコックス監督

宇宙移民時代の 23 世紀が舞台の『テンペスト』の翻案 SF 映画。

✣『十二夜』(1996) トレヴァー・ナン監督

RSC の演出家を長年務めたナンが、シェイクスピア傑作喜劇の面白さを巧妙に引き出した、映画監督としての最初の作品です。

✣『マクベス』(2021) ジョエル・コーエン監督

作品の荒涼とした世界観をモノクロで緻密に体現した作品。

✣『英雄の証明』(原題 Coriolanus, 2011) レイフ・ファインズ監督・主演

架空の都市「ローマ」の出来事が現代世界の問題にリンクする。

✣『アナーキー』(原題 Cymbeline, 2014) マイケル・アルメレイダ監督

シンベリンをニューヨークの麻薬王にしたクライムサスペンス。

クローズアップ ③

オススメのシェイクスピア映画作品一覧

ここではシェイクスピアを違った角度から楽しめて、しかも比較的入手しやすい厳選映画 20 本を順不同で紹介していきます。

❖『恋に落ちたシェイクスピア』(1998) ジョン・マッデン監督

トム・ストッパード脚本、グウィネス・パルトロー、ジョセフ・ファインズ主演のアカデミー賞受賞作。ロンドンや宮廷の様子、友人関係などがリアルに立ち上がるラブコメ、必見です。

❖『シェイクスピアの庭』(2018) ケネス・ブラナー監督・主演

シェイクスピアが故郷ストラトフォードに戻って家族と過ごす晩年を描いた美しい作品。Q 34 を参照。

❖『リチャードを探して』(1996) アル・パチーノ主演・監督

ドキュメンタリー・タッチで『リチャード三世』の面白さを探ります。学者や役者、通行人などへのインタビューが楽しい。

❖『塀の中のジュリアス・シーザー』(2012) タヴィアーニ兄弟監督

ローマ郊外刑務所の服役者たちが更生プログラムの一環で作品を演じるセミ・ドキュメンタリー。演技の凄味が半端ないです。

❖『ハムレット』(1990) フランコ・ゼフィレッリ監督

メル・ギブソン主演、オーソドックスな作りの『ハムレット』。ヘレナ・ボナム＝カーターの演じるオフィリアが可憐で秀逸。

❖『ハムレット』(2000) マイケル・アルメレイダ監督

現代のニューヨーク、「デンマーク社」を舞台にした『ハムレット』。イーサン・ホークがポストモダン的なハムレットを好演。

❖『ウエスト・サイド・ストーリー』(2021) スティーヴン・スピルバーグ監督

『ロミオとジュリエット』の翻案ミュージカル映画。ロバート・ワイズ、ジェローム・ロビンズ監督作品 (1961) と並ぶ名作。

❖『ロミオ+ジュリエット』(1996) バズ・ラーマン監督

レオナルド・ディカプリオとクレア・デインズ主演。架空の都市

SHAKESPEARE
that is the question

4.
どう読めばいいですか?

Q.81 台本ってどう読めばいいですか？

Follow him, friends. We'll hear a play tomorrow.

(*Hamlet*, 2.2.526–27)

小説を読むことに慣れていると、シェイクスピアの台本をどう読めばいいのか戸惑うかもしれません。でも心配はご無用、簡潔なト書きを参考にしながら、ただ頭から読んでいけばいいのです。芝居を「観る」というのは現代人の思い込みです。ハムレットが「明日芝居を聴こう」と言うように、シェイクスピアや当時の観客にとって、芝居は「聴く」ものでした――落語や浄瑠璃と同じように。聴いているだけで言葉のリズムが耳を楽しませ、眼前に情景が立ち上がってくるのです。

「誰だ、そこにいるのは!」から始まる『ハムレット』の冒頭部分を二〇行ほど読んでみてください。わずかな台詞の中に、とても多くの情報が何気なく書き込まれています――相手を認識できないほどの暗闇、なぜか妙に緊迫した状況。バナードーとフランシスコという名前の見張り番。時間は十二時。気が滅入るほどの寒さ。鼠《ねずみ》一匹動かない静けさ。やって来る二人はホレイシオとマーセラスという見張りの仲間。

こうして台詞の中に観客が場面の状況や登場人物を理解するのに必要な情報が挟み込まれています。ですからその台詞を聞いたり読んだりするうちに、私たちは自然と想像力を使って、何もない舞台の上に漆黒の闇や真冬の荒涼とした城壁を思い描くことになるのです。視覚を通して一瞬にして夜の城壁を表現してくれる映画とは違った手法ですが、映画と同じくらいリアルでダイナミックな夜の城壁を感じさせてくれます。テクノロジー頼みの現代の舞台を見たらシェイクスピアは嗤《わら》うかもしれません。

Q.82　その変装、ふつうはバレますよね？

It is required / You do awake your faith.

(*The Winter's Tale*, 5.3.94–95)

杓子《しゃくし》定規なリアリズムで考えると演劇は成り立ちません。「あれはシザーリオじゃなくてヴァイオラでしょう?」などと言い出したら『十二夜』を楽しむことはできなくなります。演劇はお約束によって成り立っているからです。登場人物は、変装したり、隠れて盗み聞きしたりする時、必ず前もってそれを観客に知らせます。そうすると観客の想像力が起動して［⇩Q59］、変装や盗み聞きが他の登場人物にバレない前提で、芝居を楽しめるのです。

そう考えるとシェイクスピアの芝居は多くのお約束で成り立っています。登場人物は普段人が使わない韻文で話しますが、劇を見ている観客には馴染みの日常的な言葉に聞こえたり、少年俳優が女性を演じていることを知りながら、観客は彼を女性登場人物として認識していたり。ハムレットが自らの心情を吐露する独白や、クローディアスがポローニアスの言葉に思わず、「今の言葉が俺の良心を厳しく鞭《むち》打つ」(3.1.52)と洩《も》らす傍白も同じことです。観客には聞こえても、舞台の上の登場人物には聞こえない、そういうお約束なのです。

『冬物語』に登場するポーライナは劇のクライマックスで、登場人物と観客に「信じる意思《フェイス》」を目覚めさせ、彫像が生身の人間になると信じるよう要請します。この台詞は演劇の力の源がどこにあるかを端的に教えてくれます。どんなに信じられないような物語でも、その虚構性を意識しながら自ら進んで私たちがそれに騙《だま》される時、理性と感情において体験するリアルが存在する、それが演劇なのです。

Q.83 「無韻詩」って何ですか？

But, sóft! What líght through yónder wíndow bréaks?
It ís the éast, and Júliet ís the sún.

(*Romeo and Juliet*, 2.2.2–3)

イメージ豊かな言葉や凝った言い回しがちりばめられていることはもちろんですが、実はシェイクスピアの台詞はほとんどが「無韻詩《ブランク・ヴァース》」と呼ばれる韻文で書かれているのです。無韻詩といっても、韻律が無いわけではありません。脚韻は踏まないのですが、台詞一行が五つの弱強のリズム（弱強五歩格）から成っているのです。

標題下の台詞は『ロミオとジュリエット』のお馴染みの場面から。バルコニーに登場したジュリエットを見て心を躍らせるロミオの台詞です。弱強のリズムが感じられるようにアクセント記号を付けておきました。その部分をちょっと強めに音読してみると、身体を動かしたくなるような無韻詩のグルーヴ感がわかります。この工夫は、台詞を覚えなくてはならない役者にとってもありがたいものだったに違いありません。

この詩形がイギリスで初めて使われたのは一五四〇年頃、サリー伯ヘンリー・ハワード（一五一七?～四七）がウェルギリウスの『アエネイス』第二巻と第四巻を英訳した時のこと。その後は法学生の知的サークルで実験的に用いられましたが、エリザベス朝演劇に君臨する韻律となったのは、先輩劇作家マーロウが『タンバレイン大王』で「力強い詩句」としての無韻詩の可能性を切り開いてからです［⇩Q20］。それをさらに伸びやかな台詞へと発展させ、自家薬籠中のものとしたシェイクスピア。「誰よりもうまく無韻詩を轟《とどろ》かすことができるなんて自惚《うぬぼ》れやがって」――宿敵ロバート・グリーンがシェイクスピアの才能を妬む理由は十分にあったと考えるべきでしょう。

Q.84 この行番号、誤植じゃないですか？

ROMEO　O, thát I wére a glóve upón that hánd,
That Í might tóuch that chéek!
JULIET　Ay mé.
ROMEO　She spéaks.

確かにシェイクスピアを読んでいると時々、「あれ、この行数表示、数が合ってなくない?」と戸惑うことがあります。そういう場合は誤植を疑う前に、読んでいる箇所が韻文かどうか確認してみると良いでしょう。シェイクスピアは台詞のほとんどを無韻詩《ブランク・ヴァース》で書いています。つまり弱強のリズムが原則として五つ含まれて一行になるのです。ですから、その一行を複数の登場人物で分け合ってシームレスに発話する場合も、それは一行と数えます。

例えば標題下の台詞は、Q83に引き続き、『ロミオとジュリエット』二幕二場二四行目からの引用です。四行から成っているように見えますが、実は二行なのです。「あの頬に触れられるように」の台詞は、弱強が三つしかなく、一行が完結していません。その次の「ああ」というジュリエットの嘆息が弱強一つ、そしてロミオの「彼女がしゃべるぞ」が同じく弱強一つで、これで合わせて弱強五つの一行が完成するのです。ですから行数としては、「ああ、僕はあの人の手袋になりたい」が二四行目、そして「あの頬に触れられるように」「ああ」「彼女がしゃべるぞ」が二五行目になります。

ちなみに一六二三年に出版されたシェイクスピアの『作品集』には幕や場の区別はありますが、行数表示はありません。行番号が付けられるようになったのは、一八六〇年代に出版されたケンブリッジ版シェイクスピア、つまり作品の本文それ自体に対する学問的な関心が高まってからです。行番号が付けられた時初めて、その作品は「古典」になるのかもしれません。

Q.85 あなたはyouだけじゃないの？

ROMEO　O, then, dear saint, let lips do what hands do!
They pray; grant *thou*, lest faith turn to despair.
[...]
JULIET　*You* kiss by th' book.　(*Romeo and Juliet,* 1.5.103–04, 110)

シェイクスピアの芝居ではthouという人称代名詞をよく見かけます。これはyouと同じ二人称単数の「あなた」です。主格thou [ðau]・所有格thy [ðai]・目的格thee [ðiː]・所有代名詞thine [ðain]・再帰代名詞thyselfと活用します。youが、自分より目上の人や、自分と同等ではあるけれど距離を置くべき人に対して用いるのに対して、thouは同等の親しい友人や恋人、仲間、あるいは自分より目下の者に対して（場合によっては軽蔑的に）使われます。ですからthouの方をより頻繁に見かけるかもしれません。

「あなた」の使い分けがとてもよく現れているのは『ロミオとジュリエット』です。「儀式のような口づけをなさるのね。」——二人が初めて出会った仮面舞踏会で、ロミオに二度のキスを許したジュリエットの台詞です。突然目の前に現れ、thouで語りかけてくる好青年に（この時はまだモンタギュー家のロミオとはつゆ知らず）、終始youを使って相手との距離を取りながらも、ドキドキ感と戸惑いが彼女の心に交錯しています。別れ際、乳母によって相手がロミオだと知らされたジュリエットですが、私室に戻る頃にはすでにロミオへの想いに捕らわれ、運命的な恋を確信します。それを如実に表すのが、直後の有名なバルコニーの場面での台詞——「ロミオ、ロミオ、あなたはなぜロミオなの？」（wherefore art *thou* Romeo?）。ロミオへの心的な距離がぐっと近くなったことをyouからthouへの変化で察知できます。とても小さな変化ですが、とても大きな違いなのです。

Q.86 動詞の語尾変化は今と違うの？

Didst not mark that?

(*Othello*, 2.1.248)

中英語期の動詞屈折が初期近代英語には残っており、所々で顔を出します。

二人称単数thouに続く動詞は、例えばthou *goest*（現代英語であればyou go）のように -(e)st の語尾変化をしばしば伴います。特徴的な使い方はbe動詞で、thou *art* (are) は頻出するもののひとつ。Ifで始まる条件節ではif ever thou *beest* (be) mineなどの形も見られます。二人称単数の過去形ではthou *wast* (were) やthou *wert* (were) という変化も。また、動詞haveは現在形でthou *hast* (have)、過去形でthou *hadst*、そしてdoは現在形でthou *dost*、過去形でthou *didst*と変化します。助動詞にもしばしば -(s)t が付き、thou *canst* / *mayst* やthou *wilt* (will) といった形も珍しくありません。とは言え、こうした動詞屈折の頻度は、当時すでに減少しつつあり、thouの消失とともに廃れてしまいました。

三人称単数現在の屈折の方は現在まで生き残りましたが、初期近代英語では現在使われている -(e)s とともに中英語期の -(e)th も使われ、例えばshe *goeth* (goes) のような語尾変化が時々見られます。頻出するのはhe/she *hath* (has)、*doth* (does)、*saith* (says) などで、こうした形は、少々格式張った声明や布告で使われたり、韻律を整えるために使われたりしました。

見慣れない語尾変化は面倒ですが、その一方で主語を省けるという利点があります。標題下の引用にはthouが見当たりません。（「それに気付きませんでしたか？」）でも大丈夫、屈折didstにthouが含意されているので、省いても平気なのです。

Q.87 アポストロフィ、そこに付けます？

Last níght of áll, / When yón same stár that's wéstward fróm the póle / Had máde his cóurse *t'illúme* that párt of héaven / Where nów it búrns, Márcellus ánd mysélf, / The béll then béating óne —

(*Hamlet*, 1.1.35–39)

シェイクスピアの原文を読んでいると時折、思いもよらないところに音の省略を表す記号＝アポストロフィが出てきます。'tis (it is) や o'th' clock (of the clock) などは今でも見かけるので理解できますが、i'th' cage (in the cage) や o' fire (on fire)、o'er (over)、'bout (about) などは戸惑うかもしれません。

こうした省略が頻出するのは主に韻文のリズムを整えるためです。例えば標題下の引用は歩哨《ほしょう》バナードーが遠くを指さしながら亡霊登場の状況を説明する台詞ですが、アクセント記号の部分を強めに読んでみてください。t'illume [tiljúːm] を to illume にすると弱強のリズムが崩れてしまいます。

省略されるのは前置詞や定冠詞に限りません。ord'ring (ordering) や 'long (belong)、'shrew (beshrew)、ha' not (have not) など動詞の一部を端折《はしょ》る場合もあれば、e'en (even) や e're (ever) などの副詞、そして give 'em (them) welcome や born to's (to us)、go to't (to it)、in's (in his) のように代名詞を省略することもあります。

こうした省略で韻文のリズムが整えられるのですが、中にはリズムのためだけとは思えない例もあります。『テンペスト』冒頭の場面、猛烈な嵐で船が沈みそうになり、乗員の一人アントニオが死を覚悟して叫ぶ台詞――「みな王とともに沈もうじゃないか。」(Let's all sink wi'th' King, 1.1.61) この場合はリズムの調整だけではなく、圧縮された台詞で、絶体絶命の危機的状況における感情のほとばしりを表現しているように思えるのですが、どう思いますか？

Q.88 どんな敬語や丁寧表現がありましたか？

LEAR	You, you, sirrah, where's my daughter?
OSWALD	So please you —

(*King Lear*, 1.4.44–45)

数え切れないほどありますが、何かお願いしたりする時にはprithee（どうか）、I pray you / beseech you（お願いですから）などが合いの手のように入ります。許可や同意を求める場合は、by your favour / leave（よろしければ）、under pardon（失礼ですが）、if it / so please you（恐れながら）などがよく使われます。慇懃《いんぎん》無礼な感じで「(忙しいので) 失礼」のようにも使えます。標題で引用したのは執事オズワルドです。「**リア王**　おい、君、娘はどこだ？／**オズワルド**　おっと失礼。」

女性に挨拶でキスをする時にby your leave, good mistress（失礼します、奥様）なんて洒落《しゃれ》た使い方も。youの代わりに敬称でyour grace（閣下）、your honour / worship（あなた様）などを使い、if it please your grace（恐れながら閣下）などとやれば、とても丁寧な表現になります。国王や女王に対しての敬称はyour majesty（陛下）、皇族に対してはyour highness（殿下）などが今でもよく使われます。

謝る場合にはcry mercy / I cry you mercy（申し訳ありませんが）、不躾《ぶしつけ》な、あるいは下品な言葉を和らげたい時にはGod bless us（これは失礼）、そしてGod bless the markやsaving your reverence（こんな言い方をして失礼ですが）などと加えることがあります。感謝の気持ちを表す時にはGod-a-mercy（これはどうも）、God dild you [= may God reward you]、そしてgramercy（ありがとうございます）など。

こうした敬語や丁寧表現は、いわば会話の潤滑油のようなものなのですね。

Q.89 二重の含意《ダブルミーニング》の使い方は？

Now is the winter of our discontent
Made glorious summer by this *sun* of York.

(*Richard III*, 1.1.1–2)

『リチャード三世』冒頭の有名な台詞に注目しましょう——「今や不満の雲に覆われた我らの冬は去り、ヨーク家の太陽によって、燦然《さんぜん》と輝く夏となった」。薔《ば》薇《ら》戦争の内乱で勝利したヨーク家がヘンリー六世を廃位し、戦死した父ヨーク公の長男エドワードが王位に就いて、ようやくヨーク家に運が向いてきた、とリチャードは言いたいのですが、ここに二つの意味が隠れているのがわかりますか？「太陽（sun）」と「息子（son）」が掛詞になっているので、太陽＝息子によって雲が晴れ、夏が燦然と輝くというイメージが現れるのです。

シェイクスピアは同じ言葉遊びを『ハムレット』でも使っています。父の死からずっと暗い顔をしているハムレットに対して、彼の叔父であり今や国王となったクローディアスは「相変わらず憂いの雲にとざされているのか？（How is that the clouds still hang on you?)」と尋ねます。それに対するハムレットの切り返しが見事です——「いいえ、雲どころか太陽の光に当たりすぎで辟易《へきえき》しております（Not so, my lord, I am too much in the sun)」（1.2.67）。ここでもsunとsonの掛詞が効いています。国王の恩恵（sun）に浴していることと同時に義理の息子（son）となったことに、もう辟易している、という皮肉なのです。

シェイクスピアは至る所にこうした言葉遊びを仕掛けています［Q37も参照］。字面とは別の意味をかぶせ、それによってイメージを膨《ふく》らませたり、鋭い皮肉を込めたり、卑猥《ひわい》なことを仄《ほの》めかしたり。言葉の天才に付き合うには相当の注意力が必要です。

明らかに矛盾していますが、わざとです。これは矛盾する概念やイメージを組み合わせて修辞的効果を狙うオクシモロン(oxy=賢い moron=愚か)という語法で、実はシェイクスピア、オクシモロンの達人でした。その名台詞が『マクベス』の「きれいは汚いで汚いはきれい」(1.1.11)ですが、すでに駆け出しの頃から多用しています。

標題の引用は初期の悲劇『ロミオとジュリエット』からの台詞です。つれない態度の恋人に対するロミオの愛と憎しみの入り交じる想いが、オクシモロンで表現されています――「ああ、憎みながらの恋、愛しながらの憎しみ、ああ、そもそも無から生まれた有、重くても浮き立つ心、大真面目の戯れ、形の整った不整形な混沌《こんとん》、鉛の羽毛、輝く煤《すす》、冷たい炎、病める健康…」。

Q.90 “cold fire”って矛盾してますよね？

O brawling love, O loving hate! / O anything, of nothing first create! / O heavy lightness! serious vanity! / Misshapen chaos of well-seeming forms! / Feather of lead, bright smoke, cold fire, sick health!

(*Romeo and Juliet*, 1.1.176–80)

ロミオによって従兄弟のティボルトが殺されたことを知ったジュリエットも負けてはいません。「美しき暴君、天使のような悪魔、鳩の羽毛に身を包んだ烏、狼のように残忍な子羊！」(3.2.75-76)愛する家族を殺した、愛する憎らしい恋人に対して、自己矛盾を抱えた激情が撞着《どうちゃく》語法(オクシモロン)を通して迸《ほとばし》り出るのです。

そもそもキャピュレット・モンタギュー両家の憎しみから愛が生まれたことを考えると、この悲劇自体がオクシモロン的になっていると言えるかもしれません。自分の恋に落ちた相手が、憎むべきモンタギュー家のロミオであると知ったジュリエットはこう呟《つぶや》きます――「私のたった一つの愛が、たった一つの憎しみから生まれるなんて。」(1.5.138)グッとくるオクシモロンです。

Q.91 そこは“suspect”じゃなくて“respect”でしょ？

Dost thou not suspect my place? Dost thou not suspect my years?

(***Much Ado about Nothing***, **4.2.72–73**)

『から騒ぎ』に登場するドッグベリー警部が時々笑わせてくれるマラプロピズム（Malapropism）＝言葉のはき違いですね。それによって意味が逸《そ》れたり、意図せず諷刺《ふうし》的意味が加わったりして、喜劇的効果を生むのです。「マラプロピズム」という言葉は、リチャード・ブリンズリー・シェリダンの喜劇『恋敵』（一七七五）で言葉を滑稽に誤用するキャラ、マラプロップ夫人（Mrs. Malaprop）に由来しています。

標題下の引用は警吏ドッグベリーが本来respectと言うべきところをsuspectと言い間違えて妙な可笑《おか》しさを醸し出すところです。「おい、きさまは警察官の嫌疑を重んじないのか？　年長者の嫌疑を認めないのか？」という感じでしょうか。もちろん「嫌疑」じゃなくて「権威」なのですが、嫌疑でもなぜかしっくりきますね。

もちろんマラプロピズムはドッグベリー警部だけのお家芸ではありません。『夏の夜の夢』に登場する機屋《はた》ボトムも、肝心なところでやらかしてくれます。職人たちが森の中で「ピラマスとシスビーの喜劇」を練習している場面、主役ピラマスを演じるボトムが、シスビーの麗しさを称えます。「シスビーよ、花の甘き香りのごとく、いといかがわしく――（Thisbe, the flowers of *odious* savours sweet)」。するとクインスが突っ込んで「いとかぐわしく（odorous）」でしょ！」（3.1.75-76）ほとんど漫才です。

マラプロピズムを使うのは決まって道化や無教養キャラです。ですから、面白いからといって、私たちがみだらに使ってはいけません。（そこは「みだりに」、でしょ！）

Q.92 大袈裟《おおげさ》な比喩が多いのはなぜですか？

Be Mercury, set feathers to thy heels,
And fly like thought from them to me again. (*King John*, 4.2.174–75)
But look, the morn in russet mantle clad
Walks o'er the dew of yon high eastern hill. (*Hamlet*, 1.1.147–48)

劇中人物は日常生活で使う言葉をしゃべるものだという現代的な思い込みは捨てましょう。もちろん普段使いの台詞も（特に散文では）ないわけではありませんが、シェイクスピアが目指していたのは、目の覚めるようなイメージとインパクトのある比喩を使って台詞を書くことです。

ですから「大急ぎで彼らのところへ行き、すぐに戻ってこい」ではなく、標題下の引用のように「伝令神メルクリウスとなり、踵《かかと》に翼をつけて、人の思いのようにすばやく、彼らのもとから戻って来い」と言い、「見ろ、東の空が赤くなってきた」ではなく、「見ろ、朝が茜《あかね》色のマントをまとい、向こうの東の丘の露を踏みしめて歩いてくる」と言うのです。

シェイクスピアが特に好んで使ったのは演劇の比喩です。「この世すべては舞台、男も女もみな役者に過ぎない」（*As You Like It*, 2.7.139-40）――人生を劇に喩《たと》え、人は役者のように人生の色々な場面で色々な役を演じ、やがて退場していくという有名な台詞です。四大悲劇を書く頃になると、この喩えが悲壮感を増してきます――「消えろ、消えろ、束の間の灯火！ 人生は歩き回る影法師、哀れな役者に過ぎない。舞台で大見得をきっても、出番が終わればそれも消えてなくなる。」（*Macbeth*, 5.5.23-26） 人生は空虚だと言わずに、それを上演の後の静寂に喩えることで、空虚さに奥行きが与えられているのです。

洞察力に満ちた言葉やハッとするような比喩こそ、私たちの日常生活を豊かにしてくれるものだと思いませんか？

Q.93 〈死〉とか〈時〉もキャラになるのですか？

This quarry cries on havoc. O proud death, / What feast is toward in thine eternal cell / That thou so many princes at a shot / So bloodily hast struck?

(*Hamlet*, 5.2.366–69)

『ハムレット』の幕切れ、デンマーク宮廷に乗り込んできたノルウェー王子フォーティンブラスは、死屍累々《ししるいるい》の状況に驚愕します——「この屍《しかばね》の山が物語るのは無残な虐殺だ。驕《おご》り高ぶる死よ、黄泉《よみ》の穴倉でどんな宴会を開こうと言うのか？ これほど多くの王侯貴族を無残にも一撃で倒してしまうとは！」ここで〈死〉という抽象概念は擬人化され、狩りで仕留めた獲物（quarry）を積み上げて、これから大宴会を開く貴族の館の主人に喩えられています。

シェイクスピアはこうした擬人法を多用しました。彼が子どもの頃から親しんできた古代ギリシア・ローマの古典でよく使われた手法でしたし、一六世紀初頭の道徳劇には〈死〉や〈恩寵《おんちょう》〉という寓意《ぐうい》キャラが登場しますから、その影響を受けてもいたのでしょう。実際、『冬物語』には〈時〉というキャラが登場します。当時、寓意画などで〈時〉は大鎌を持ち、砂時計と翼を身につけている人物として描かれました。大鎌は時の破壊的な力を、砂時計は時の流れを、そして翼は流れの速さを象徴するのですが、『冬物語』の〈時〉も、（大鎌への言及はないものの）伝統的な〈時〉の描かれ方とさほど変わらない出で立ちで登場しています。

恋（love）もしばしば擬人化されます。『ロミオとジュリエット』に登場するマキューシオは「恋が盲目なら、的を射貫くことはできない」（If love is blind, love cannot hit the mark 2.1.33）と言いますが、「恋」は抽象概念ではなく、目隠しをして矢を射る愛の神クピドを念頭に置いています。サラッと使うので見逃してしまいそうですね。

Q.94 何かというとすぐ誓うのはなぜ？

I swear to thee by Cupid's strongest bow, / By his best arrow, with the golden head ...

(*A Midsummer Night's Dream*, 1.1.169–70)

自分の言葉に重みや勢いを持たせるために、登場人物たちは頻繁に誓い文句を使います。使い方は簡単、前置詞byを使って「神にかけて（by God）」、「信仰にかけて（by my faith）」などとします。「神の名において（in God's name）」、「真実において（in sooth）」でもOK。何に誓うかで多様性が生まれます。例えば神の身体部分や属性（by God's lid/light）、キリスト（by the Lord）、聖母マリア（by my halidom = holy dame）、聖人（by Saint Paul）、事物（by Mass, by my hand）など。前置詞や「神」が省略されて、'slidや'sblood、'slight（by God's lid/blood/light）などの形にもなります。頻出するzounds（by God's wounds）やmarry（by Mary）も同じです。

「お前は菓子屋のおかみさんみたいな誓い文句しか言えないのか」（*King Henry IV, Part 1*, 3.1.242–43）とホットスパーが妻を嗤《わら》うように、誓い言葉ひとつで階級や人となりが知れてしまいます。ですからホラ吹き兵士や洒落者、恋人たちはイケてる誓いを編み出します。標題下の引用は『夏の夜の夢』でハーミアが恋人ライサンダーに愛を誓う台詞ですが、人の心を弄《もてあそ》ぶ「クピドの一番強い弓」や「最上の矢」にかけて誓うと、すぐに誰かが心変わりしそうな予感が…。

聖書（マタイ五章三四節）を根拠に、国教会は誓い言葉を厳しく批判しました。一六〇六年、劇場でキリスト教の神に言及することが法令により禁じられると、作品にはジュピターやジュノーなど異教の神々が頻出するようになります。誓い言葉は台詞を活性化させる重要な要素だったのです。

Q.95 当時よく使われた字体は？

By my life, this is my lady's hand: these be her very C's, her U's, and her T's; and thus makes she her great P's. It is in contempt of question, her hand.

(*Twelfth Night*, 2.5.84–86)

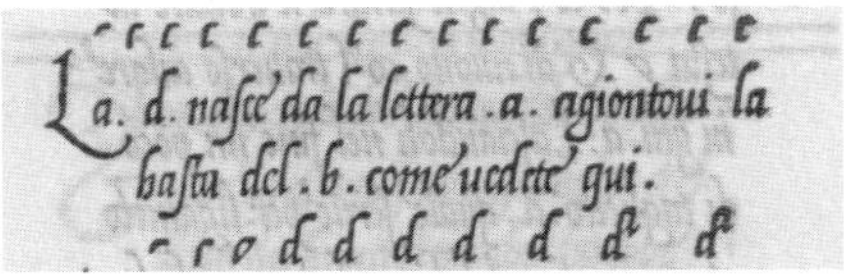

『十二夜』に登場する侍女マライアは、女主人オリヴィアの筆跡を真似て、いかにも女主人が書いたかのようなラブレターを偽造して、執事マルヴォーリオを担ごうと画策します。その偽造書簡にコロリと騙《だま》された彼は、女主人が自分に恋しているものと思い込むのです。「誓ってこれはお嬢様の筆跡だ。まさにこれはお嬢様のC、U、T、そしてこんな風にお嬢様はPの大文字をお書きになる！　疑いもなく、これはお嬢様の筆跡！」

オリヴィアはどんな筆跡を使っていたのでしょうか？「あの美しいローマ書体を知らない者はおりません」(3.4.28)とマルヴォーリオが言うように、それは当時の貴族や知識人が好んで使っていたイタリアン・ハンドという書体(図・上)です。習字教本の書き方を真似れば、比較的真似しやすい書体でした。

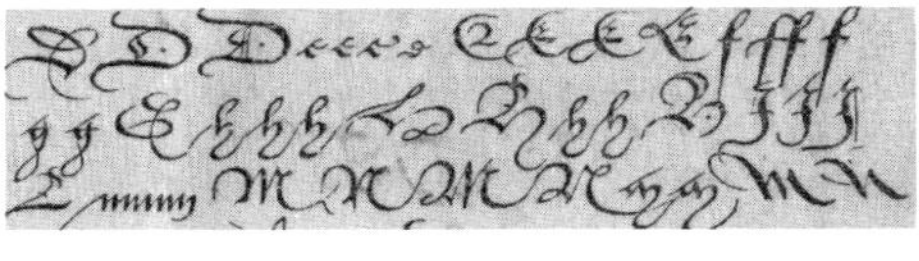

一方、当時一般的によく使われていたのはセレクタリー・ハンドと呼ばれる書体(図・下)です。これは個人の癖が出やすく、判読に苦労します。遺書などに残されたシェイクスピアの署名はこの書体です。劇の草稿もこの書体で書かれていたでしょうから、その草稿を元に組版した植字工は、さぞ苦労が多かったことでしょう。

Q.96 台詞が本によって違うのはなぜ？

Oh that this too too solid Flesh, would melt, ... (F1)
O that this too much grieu'd and sallied flesh / Would melt ... (Q1)
O that this too too sallied flesh would melt, ... (Q2)

私たちが読んでいる作品のテクストは、出版された印刷本に依拠しています。いくつかの作品は一六二三年に出版された『作品集』(F1)に初めて収録されましたが、例えば『ハムレット』は『作品集』だけでなく、一六〇三年と翌年に、四つ折り《クオート》本で出版されてもいます。どの版本も同じ内容なら問題ないのですが、実際はそうではありません。標題下の引用はどれも『ハムレット』第一独白の最初の部分ですが、「ああ、あまりにも硬いこの肉体が溶けて、緩み分解して露となってしまえばいいのに」(F1)の「硬い肉体」部分が、第一・四つ折り本《ファースト・クオート》(Q1)では「悲しみに打ちひしがれ、穢《けが》れた(sallied = sullied) 肉体」となっており、第二・四つ折り本《セカンド・クオート》(Q2)では「穢れた肉体」となっています。

作品全体の分量もかなり違います。Q1は約二二〇〇行、Q2はその一・七倍の約三八〇〇行もあり、分量的にはQ2が一番長いテクストです。F1はQ2にある二三〇行が削除され、Q2に存在しない新しい七〇行が付け加えられています。この違いは、組版をする時に植字工の参照した原稿が何に由来するのか——劇場の上演台本なのか、作者の草稿なのか、それとも何らかの理由(例えば地方巡業や海賊版制作など)で役者の記憶から再構成した台本なのか、など——によります。つまり版本それぞれが個性を有しているのです。アーデン版など後世の編纂《へんさん》者は底本とすべき版本を見極めて本文を編纂することになるので、私たちの読む原書のテクストも、その編纂者の方針によって本文の異なるところが出てくるのです。

Q.97 諺《ことわざ》をよく使いましたか？

Methinks I feel this youth's perfections / With an invisible and subtle stealth / To creep in at mine eyes.

(*Twelfth Night*, 1.5.288–90)

ある研究によれば、諺や慣用句が一番多いのは『ロミオとジュリエット』で二二三箇所。最も少ないのが『ヘンリー六世 第一部』の五一箇所。戯曲三八作品と詩をすべて合わせると、四六八四箇所で使われているそうです。使われ方としては、『ヘンリー五世』でフランス軍軍司令官とオルレアン公爵が諺の応酬でお互いを皮肉る場面(3.7.110–21)のように、「言葉は心の使い」(Ill will never said well)や「嘘も追従も世渡り」(There is flattery in friendship)など、当時親しまれていた諺をわかりやすい形で使う場合もありますが、殆どはそれをシェイクスピアなりにアレンジして用いるので、注意しないと気づきません。

例えば『十二夜』のオリヴィアがシザーリオ（に扮するヴァイオラ）に恋してしまう場面で呟《つぶや》く台詞――「あの若者の完璧な美貌が、いつの間にか狡猾に忍び寄り、私の目から入り込んだようだわ。」シェイクスピアがここで念頭に置いているのは「恋は目から入り込んでくる（Love comes in at the eyes）」という諺。それをうまく利用して、一目惚れをしたオリヴィアの心情を表現しているわけです。

諺や慣用表現の中にはシェイクスピアが作り出したものもあります。「簡潔さは知恵の精髄」(Brevity is the soul of wit, *Hamlet*)や「無からは何も生まれない」(Nothing can come of nothing, *King Lear*)などは台詞から、「終わりよければすべてよし」(All's well that ends well)は作品名から取られたものです。どこかで聞いたことのあるものばかりではないですか？

Q.98 聖書からの引用もありますか？

PRINCE HARRY　Thou didst well, for wisdom cries out in the streets, and no man regards it.

SIR JOHN　O, thou hast damnable iteration, and art indeed able to corrupt a saint.

(*King Henry IV*, *Part 1*, 1.2.79–82)

「悪魔は自分に都合よく聖書を引用できるものだ」(1.3.95) ——『ヴェニスの商人』に登場するアントニオがシェイクスピアを読んだとしたら、「悪魔」を「シェイクスピア」と言い直したかもしれません。それほど彼の作品は聖書からの引用や言い換えに満ちています。出典は旧・新約聖書それぞれ一八篇、経外典六篇に及ぶそうで、初期の作品では『主教監督聖書《ビショップス・バイブル》』（一五六八年初版）を好んで使い、その後は『ジュネーブ聖書』（一五七六年改訂版）を使っているとか。これは彼が広範な聖書知識を持っていたことを示唆しますが、重要なのはむしろ、彼が作品中で意識的かつ正確に聖書を使用しているという事実の方です。

例えば『ヘンリー四世　第一部』の冒頭、町の通りで枢密院の老貴族から王子のことでお小言を言われた、とフォールスタッフがハル王子に苦言を呈する場面。「もっとも自分はそれに耳を貸さなかったがね」と彼が言うと、すかさずハルは「でかした、知恵が大通りで叫んでも、誰もそれに耳を傾けなかった、と言うからな」と箴言《しんげん》一章二〇・二四節を引用して彼を褒めます。ところがハルの引用した聖句は、賢い忠告を無視する「愚か者」への叱責です。つまりハルは、それを褒め言葉として用いる一方で、忠告を無視したフォールスタッフを「愚か者」だと皮肉っているのです。フォールスタッフが「おい、聖書の悪用は地獄落ちだぜ」とハルをたしなめるのはそのためですが、それにしても印象的なのは、シェイクスピアの聖書知識の正確さ、そして二人の会話を楽しめる観客の教養です。

Q.99 よく劇中劇が使われるのはなぜ？

All the world's a stage,
And all the men and women merely players.

(*As You Like It*, 2.7.138–39)

劇の中に劇がある（play within a play）——シェイクスピアが好んで使う手法です。例えば『ハムレット』。エルシノア城にやってきた旅芸人に亡霊が語った毒殺の様子をそのまま演じさせ、観劇中の国王クローディアスの反応を見て、彼が王殺しに手を染めたかどうかをハムレットが確かめる場面。旅芸人の芝居を国王夫妻が見物し、それをハムレットと友人ホレイシオが見守り、さらにそれを劇場の観客が見るという二重、三重の入れ子細工のような構造、これが劇中劇です。同じように凝った手法は『夏の夜の夢』や『タイタス・アンドロニカス』にも見られます。

劇中劇はシェイクスピアの作劇術の巧みさを物語るものですが、同時にシェイクスピア演劇が、劇についての劇であることも教えてくれます。

ハムレットは劇中劇を準備する際、役者たちに自分の演劇論を諄々《じゅんじゅん》と説き聞かせます［⇩Q59］。それは劇の筋とは何の関係もないのですが、劇中劇を挿入することで、シェイクスピアはハムレットの口を借りて演劇について言及することが可能になります。ハムレットが宮内大臣一座のライヴァルだった少年劇団に時代錯誤的な言及をしたり、芝居そっちのけで即興芸を繰り出す道化を批判したりするのはそのためです［⇩Q48］。つまり劇中劇によって自己言及性が生まれ、そこに現実世界の一部が入り込むのです。劇中劇を蝶番《ちょうつがい》として虚構世界と現実世界とが互いに開かれ、反響し合い、創造的な関係を結んで成り立つ舞台、それがシェイクスピア演劇だったのです。

「死ぬ、眠る、眠る、たぶん夢をみる。厄介なのはそこだ。死の眠りの中で人はどんな夢をみる?」(3.1.65–66) ――ハムレットがこれほど夢＝死後世界に敏感なのは、それに関する考え方が、宗教改革で劇的に変化したことと関係があります。

作品の要は亡霊の存在です。伝統的なカトリックの教えだと亡霊は煉獄《れんごく》からの訪問者ですが、プロテスタント国教会は煉獄の存在を認めないため、亡霊は地獄からやってきた悪魔ということになります。また亡霊を認識できない母ガートルードにとって、それはハムレットが「脳で作り上げた妄想」(3.4.142)、つまり病理学で説明可能な現象にしかすぎません。こうして死後世界の明確な知的枠組みは最後まで提示されず、ハムレットも信じるべき枠組みを持てない

Q.100 現代人の指針になる台詞を一つ挙げると？

And therefore as a stranger give it welcome.
There are more things in heaven and earth, Horatio,
Than are dreamt of in your philosophy. (*Hamlet,* 1.5.165–67)

――これが作品の根底にある不安感です。

現代もこうした不安感と無関係ではありません。カナダの政治哲学者チャールズ・テイラーは「究極的に信用できる枠組み」を失うことは「精神的に無意味な人生へと転落すること」だと述べていますが、現代とは、死＝生の意味を説明する様々な枠組みを前に、茫然自失の状態に陥っている時代です。そんな現代を生きる私たちに、シェイクスピアがハムレットを通して語りかける言葉があります――「不思議なこととして現状をそのまま受け入れろ。天と地の間には、人智では計り知れないことが山ほどあるのだから。」寛容と忍耐をもって不確実性や不可解さの中にとどまりつつ、理性と見識を用いて事の本質を見極めていくことの大切さを教えてくれる台詞です。

ってもらうのに心づけとして6ペンスを渡しています。

◉シリング (shilling：記号で s と表記)

1504年に初めて鋳造された銀貨で、それ以前は計算貨幣。1シリングは12ペンス、20シリングで1ポンド。表に為政者の胸像が彫られていたため「テストン銀貨」(teston) とも呼ばれますが、厳密に言うとテストンは為政者の胸像や肖像が刻まれた硬貨すべてを指します。当時は熟練した職人の日当が1シリングでした。

◉クラウン (crown [of the double-rose])

1クラウン＝5シリング。1526年に初めて鋳造された金貨で、1551年には銀貨が鋳造されました。金貨の方はエリザベス治世に価値が下がり1601年に廃貨。シェイクスピア作品で「クラウン」と呼ばれるのは大抵フレンチ・クラウン金貨（エキュ・ドール）のこと。メアリ一世治世下では6シリング4ペンスの価値でしたが、エリザベス一世は平価を4シリングに切り下げました。

◉ノーブル (noble)

1344年に鋳造された金貨で6シリング8ペンスの価値がありました。割り切れない数字に思えますが、これは80ペンス、すなわち½マルク＝⅓ポンド（1マルク＝⅔ポンド＝13シリング4ペンス）です。通常のノーブル金貨に対して1465年に発行されたものは「ロイアル」(ryal, royal) と呼ばれ、10シリングに相当。もともと noble は金の純度の高さを指す言葉。

◉エンジェル (angel)

6シリング8ペンス相当の金貨として1465年に初めて発行。その後、エンジェル金貨の価値は上がり、1610年には11シリング相当に。名前の由来は表面に刻まれた大天使ミカエルから。

◉ソブリン (sovereign)

1489年に初めて鋳造された20シリング（＝1ポンド：記号で l[ibra] と表記）相当の金貨で「ダブル・ロイアル」とも呼ばれます。エリザベス治世下のソブリン金貨は1ポンド (fine gold) と1マルク (crown gold) の二種類がありました。

クローズアップ④

シェイクスピア時代の通常貨幣一覧

シェイクスピア作品では頻繁にお金への言及を見かけますが、その種類や数え方が色々で戸惑う読者も多いはず。そこでここでは主な貨幣の種類や価値について、単位の小さい硬貨から順番にリスト化しました。イギリスは中世から金銀複本位制だったので、貨幣価値が品質など様々な事情で変動します。また当時「ポンド」や「マルク」は計算貨幣で、ポンド硬貨・マルク硬貨は存在しません。一覧にポンドやマルクの項目が立てられていないのはそのためです。

◉ファージング (farthing)

1ファージングは¼ペニー。エドワード一世の治世下（1272-1307）に鋳造されるようになった銀貨。チャールズ一世の治世からは銅貨になりました。取るに足らないものの連想から、ファージングとファーティング（farting＝屁）との言葉遊びがあります。

◉ペニー　(penny：記号で d[enarius] と表記)

当時1ペニー銀貨の価値は、『恋の骨折り損』(5.1.67–68) に登場するコスタードによれば、「おらに1ペニーでもありゃ、おめえに生姜パンを買ってやれる」くらいの価値。ヘイペニー銀貨 (halfpenny) やトゥペンス銀貨（twopence = ½グロート）、スラペンス銀貨 (threepence) も鋳造されました。ペニーの複数形がペンス。12ペンスで1シリング、240ペンスで1ポンドとなります。

◉グロート (groat)

1351年に初めて鋳造された銀貨で1グロート＝4ペンス。日本語の「三文」と同様、わずかな金額や安っぽさを表します。

◉シックスペンス (sixpence)

当時よく使われた銀貨。『夏の夜の夢』(4.2.20) でフルートは、公爵に覚えめでたい職人は1日6ペンスの年金が下賜されると述べ、『十二夜』(2.3.30–31) のサー・トービーはフェステに一曲歌

Q.101 日本に愛好家の団体はありますか？

Society, saith the text, is the happiness of life.

(*Love's Labour's Lost*, 4.2.158-59)

日本シェイクスピア協会という団体があります。シェイクスピア研究や演劇評論の専門家だけではなく、シェイクスピアに興味を持つ人なら誰でも参加できる開かれた団体を目指して一九六一年に発足しています。入会資格や審査などはまったくありません。演劇関係者や一般愛好家など研究者以外の会員も多く集っています。

毎年、春には日本英文学会とのジョイント・イヴェント「シェイクスピア祭」が開催され、講演や俳優によるリーディングやパフォーマンスなどが行われます。また、秋には学問的な研究や交流の場として「シェイクスピア学会」が設けられているほか、英語論文を集めた研究誌『シェイクスピア・スタディーズ』や日本語による学術総合雑誌『シェイクスピア・ジャーナル』を定期的に発行。一九九一年には世界シェイクスピア会議のホスト役を務め、二〇〇〇年にはアメリカの出版社から論文集を出版するなど、国際的な学術交流も活発です。

シェイクスピアをもっと深く知りたい方、演劇愛好家の方、専門的な知識を得たい方は、ウェブサイトに気軽にアクセスしてみてはいかがでしょうか。シェイクスピア作品を読んでいく時には、同じ仲間がいると楽しいものです。『恋の骨折り損』でシェイクスピアも言っています――「人と人とのお付き合いこそ人生の悦びと、聖書にも書いてありますからな。」

以下のURLからどうぞ！

https://www.s-sj.org

日本シェイクスピア協会

(The Shakespeare Society of Japan)

あとがき

本書は『シェイクスピア大全 CD-ROM 版』(上野美子、松岡和子、加藤行夫、井出新共編、新潮社、二〇〇三年)に収録されたコラム「シェイクスピア、それが問題だ」を基にしています。このコラムは、主にシェイクスピアの生涯に関する五〇のトピックスを取り上げ、それをQ&A形式で解説するもので、筆者にとってはとても楽しい仕事でした。機会があれば、それを百問ぐらいまで増やしてみたいと思っていましたが、目の前の諸事・雑事にかまけているうちに、あっという間に二〇年経ってしまいました。

最近になって、「大修館シェイクスピア双書 第二集」の編集にかかわった成り行きで、編集部の北村和香子さんから、作品を読むためのガイドブック企画のご提案を受け、「シェイクスピア、それが問題だ」のことを思い出しました。そこで作品の読解や理解に資するような五〇問を増補して一冊の本にするという企画が立ち上がったわけです。執筆にさほど時間はかかるまいと高をくくっていましたが、この二〇年間で(当然のことながら)シェイクスピア学は確実に進展しており、以前書いた原稿に大幅な加筆修正を施す必要が生じ、さらに新たな五〇問を増補するにもかなりの時間を要してしまいました。

その間、遅筆な筆者をアメとムチで励まし、辛抱強く企画をお進めくださった北村さんに、この場をお借りして深く御礼申し上げます。また、この企画を快くお認めくださった新潮社デジタルライツビジネス室にも御礼申し上げます。そして洞察に満ちた鋭い質問、考えさせる良問、意表を突く奇問、ハンパない難問、訳のわからない珍問で筆者を大いに苦悶させてくれた学生たち、特に慶應義塾大学文学部の親愛なるゼミ生諸君に心から感謝します。

シェイクスピアとの出会いが、このささやかな本書を手に取ってくださった皆さんの生活を、より豊かなものにしてくれるよう願いつつ。

二〇二三年九月　東京・三田

井出　新

参考文献

日本語で書かれた主な参考文献をテーマごとに順不同で紹介します。アスタリスク（＊）が付けられた書籍は日本シェイクスピア協会編です。

(1)シェイクスピアをもっと深く楽しみたい

高田康成他編『シェイクスピアへの架け橋』(東京大学出版会)
喜志哲雄『劇場のシェイクスピア』(早川書房)
松岡和子『深読みシェイクスピア』(新潮社)
＊『新編　シェイクスピア案内』(研究社)

(2)どんな人生だったのか詳しく知りたい

スティーヴン・グリーンブラット『シェイクスピアの驚異の成功物語』(白水社)
サミュエル・シェーンバウム『シェイクスピアの生涯』(紀伊國屋書店)
ジェイムズ・シャピロ『リア王の時代』(白水社)
小津次郎『シェイクスピア伝説』(岩波書店)

(3)当時の演劇興行や劇場について詳しく知りたい

スティーヴン・オーゲル『性を装う』(名古屋大学出版会)
アンドリュー・ガー『演劇の都、ロンドン』(北星堂)
河合祥一郎『ハムレットは太っていた！』(白水社)
ウォルター・ホッジズ『絵で見るシェイクスピアの舞台』(研究社)
玉泉八州男『女王陛下の興行師たち』(芸立出版)

(4)イギリス演劇史・文化史からシェイクスピアを理解したい

岩田美喜『兄弟喧嘩のイギリス・アイルランド演劇』(松柏社)
竹村はるみ『グロリアーナの祝祭』(研究社)
玉泉八州男編『エリザベス朝演劇の誕生』(水声社)
玉泉八州男『シェイクスピアとイギリス民衆演劇の成立』(研究社)

(5)作品の版本や読者、観客について知りたい

岡本靖正『シェイクスピアの読者と観客』(鳳書房)
笹山隆『ドラマと観客』(研究社)
ピーター・W・M・ブレイニー『シェイクスピアのファースト・フォリオ』(水声社)
山田昭廣『シェイクスピア時代の読者と観客』(名古屋大学出版会)

(6)当時の社会的・文化的文脈から作品を読んでみたい

中央大学人文科学研究所編『英国ルネサンスの演劇と文化』(中央大学出版部)
中野春夫『恋のメランコリー』(研究社)
＊『シェイクスピアとその時代を読む』(研究社)
ロナルド・ノウルズ編『シェイクスピアとカーニヴァル』(法政大学出版局)
エドワード・ベリー『シェイクスピアの人類学』(名古屋大

学出版会）

(7)シェイクスピアの言葉遊びや文法について知りたい

梅田倍男『シェイクスピアのレトリック』（英宝社）

G・L・ブルック『シェイクスピアの英語』（松柏社）

ノーマン・F・ブレイク『シェイクスピアの言語を考える』（紀伊国屋書店）

(8)女性の描かれ方に注目したい

楠明子『英国ルネッサンスの女たち』（みすず書房）

小林かおり『じゃじゃ馬たちの文化史』（南雲堂）

朱雀成子『愛と性の政治学』（九州大学出版会）

浜名恵美『ジェンダーの驚き』（日本図書センター）

(9)絵画・図像とシェイクスピア作品の関係について知りたい

今西雅章『シェイクスピア劇と図像学』（彩流社）

岩崎宗治『シェイクスピアの文化史』（名古屋大学出版会）

蒲池美鶴『シェイクスピアのアナモルフォーズ』（研究社）

松田美作子『シェイクスピアとエンブレム』（慶應義塾大学出版会）

(10)シェイクスピアがどう現代に甦るのか知りたい

安西徹雄編『日本のシェイクスピア一〇〇年』（荒竹出版）

廣野由美子・桒山智成『変容するシェイクスピア』（筑摩書房）

マイケル・ボグダノフ『シェイクスピア ディレクターズ・カット』（研究社）

森祐希子『映画で読むシェイクスピア』（紀伊国屋書店）

(11)「なるほど！」と膝を打つような作品論を読んでみたい

＊『シェイクスピアの喜劇』、『シェイクスピアの悲劇』、『シェイクスピアの歴史劇』（研究社）

＊『シェイクスピア―世紀を超えて』（研究社）

＊『甦るシェイクスピア』（研究社）

＊『シェイクスピアとの往還』（研究社）

(12)シェイクスピア作品と種本とを比較してみたい

齋藤衛『シェイクスピアと聖なる次元』（北星堂）

北川悌二訳『アーサー・ブルック作　ロウミアスとジューリエット』（北星堂）

北川悌二訳『リア王年代記』（北星堂）

北川悌二訳『トマス・ロッジ作　ロザリンド』（北星堂）

(13)シェイクスピアの同時代作家の演劇を読んでみたい

小津次郎他編『エリザベス朝演劇集』（筑摩書房）

鹿児島近代初期英国演劇研究会『近代初期イギリス演劇選集』（九州大学出版会）

大井邦雄監修『エリザベス朝喜劇10選』（I期及びII期）（早稲田大学出版会）

(14)シェイクスピア理解に必要な辞典類を手元に置きたい

高橋康也他編『研究社シェイクスピア辞典』（研究社）

シェイクスピア年表

1564（0歳）
ジョンとメアリの長男ウィリアムの受洗記録（4/26）
1565（1歳）
父ジョン、ストラトフォードの参事会員の一人に選出される（7/4）
1566（2歳）
弟ギルバート（次男）誕生
エドワード・アレン（俳優）、ロンドンの聖ボトルフ教区に生まれる（9/1）
ジョン・ヘミング（俳優）、ウスター州ドロイトウィッチの聖ピーター・デ・ウィットン教会で受洗（11/25）
1567（3歳）
トマス・ナッシュ（文士）、サフォーク州ロウストフトに生まれる（11月）
1568（4歳）
父ジョン、ストラトフォードの市長に就任
リチャード・バーベッジ（俳優）、ロンドンの聖スティーヴン教会で受洗（7/7）
1569（5歳）
妹ジョウン（三女）誕生
1571（7歳）
妹アン（四女）の受洗記録（9/28）
この頃、グラマー・スクールに通い始める
1572（8歳）
ベン・ジョンソン（劇作家）誕生（6/11）
父ジョン、羊毛の不法取引で訴えられる
1574（10歳）
弟リチャード（三男）の受洗記録（3/11）
1575（11歳）
父ジョン、ストラトフォードの家屋二軒を購入
1576（12歳）
ロンドンに初めて常設劇場・シアター座が建築される
コペルニクスの著書『天球の回転について』（宇宙論の部分のみ）の英訳刊行
父ジョン、紋章使用許可を申請する
1577（13歳）
父ジョン、この頃、経済的困窮に陥る
1578（14歳）
父ジョン、土地を担保に兄から40ポンドを借入
1579（15歳）
妹アン埋葬記録（4/4）
1580（16歳）
弟エドマンド（末子）誕生

1581（17歳）
ランカシャー州郷士アレグザンダー・ホートンの遺書に「ウィリアム・シェイクシャフト」なる人物への言及
1582（18歳）
8歳年上のアン・ハサウェイと結婚（11／28）
1583（19歳）
長女スザンナ受洗記録（5／26）
1585（21歳）
フィリップ・スタッブズ、『悪弊の解剖』を出版
1586（22歳）
男女の双子ハムネットとジュディスの受洗記録（2／2）
1592年までの7年間記録に現れず、「ロスト・イヤーズ（失われた年月）」と呼ばれる
父ジョン、市参事会員から外される
1587（23歳）
興行師フィリップ・ヘンズロウ、ローズ座を建設
劇作家クリストファー・マーロウ、ケンブリッジ大学で修士号取得後、ロンドンで『タンバレイン大王』が大評判となる。
1588（24歳）
スペイン無敵艦隊撃破（8月）
女王陛下一座の道化役者リチャード・タールトン埋葬記録（9／3）
1589（25歳）
マーロウ『マルタ島のユダヤ人』上演
1590（26歳）
俳優ロバート・ブラウン、大陸巡業を開始
1592（28歳）
ロバート・グリーン『グリーン三文の知恵』出版、「成り上がりの烏」「シェイクシーン（舞台を揺さぶる男）」とシェイクスピアを批判
ロバート・グリーン死去（9／3）
ロバート・ブラウンの一座が、フランクフルトでマーロウの芝居を上演（8月）
1593（29歳）
父ジョン、国教忌避者リストに載せられる
1594（30歳）
マーロウ、デットフォードの旅籠で刺殺される
この頃、リチャード・バーベッジらと共に宮内大臣一座に加入
1595（31歳）
前年クリスマスシーズンの御前公演に対する宮内大臣一座幹部への報酬支払記録にシェイクスピアの名前が記載される（3／15）

1596（32歳）
長男ハムネット埋葬（8/11）
父ジョン、紋章使用許可を受ける（10/20）
1597（33歳）
ストラトフォードの屋敷ニュー・プレイスを購入
1598（34歳）
ボヘミア出身貴族ブルトニツキーがロンドンで観劇（夏）
ベン・ジョンソン『気質くらべ』上演
フランシス・ミアズ著『知恵の宝庫』の中で、シェイクスピアが劇作家・詩人として絶賛される
借地権切れのためシアター座を解体（12/28）
1599（35歳）
エセックス伯ロバート・デヴァルー、アイルランド遠征
テムズ川南岸のバンクサイドにグローブ座建設
ウィリアム・ケンプ、宮内大臣一座を脱退
ロバート・アーミン、宮内大臣一座に加入
1600（36歳）
フォーチュン座の建築開始（1/8）
1601（37歳）
父ジョン埋葬（9/8）
1602（38歳）
ストラトフォードの北にある土地を320ポンドで購入
1603（39歳）
エリザベス一世崩御、ジェイムズ一世即位
宮内大臣一座から国王一座となる（5/19）
1604（40歳）
ジェイムズ一世戴冠式参列のため服地を拝領（3/15）
シルバー・ストリートにあるマウントジョイの屋敷の一室を間借りして住む
1605（41歳）
440ポンドを投資に充当（7/24）
1606（42歳）
ウィリアム・ダヴェナント（劇作家）誕生
1607（43歳）
長女スザンナ、開業医ジョン・ホールと結婚（6/5）
末の弟で役者のエドマンド、ロンドンで埋葬（12/31）
1608（44歳）
国王一座、ブラックフライアーズ座の賃貸権を取り戻す
母メアリ埋葬（9/9）
1609（45歳）
国王一座のブラックフライアーズ座興行開始
1611（47歳）
この頃、引退してストラトフォードに戻る
ストラトフォードの公共事業のために寄附（9/11）

1612（48歳）
弟ギルバート埋葬（2/3）
ジョン・ウェブスター、『モルフィ公爵夫人』執筆
友人マウントジョイの裁判に証人として出廷（5/11）

1613（49歳）
弟リチャード埋葬（2/4）
ブラックフライアーズ地区の不動産を購入（3/10）
グローブ座焼失（6/29）
長女スザンナ、ジョン・レインを訴える（7/15）

1614（50歳）
ジョンソン『バーソロミュー・フェア』上演（10/31）
新グローブ座開場（6月）

1615（51歳）
道化役者ロバート・アーミン埋葬（11/30）

1616（52歳）
遺書を作成（1/25?）
次女ジュディス、トマス・クワイニーと結婚（2/10）
遺書に加筆修正（3/25）
クワイニーの密通事件に関する審理（3/26）
ウィリアム死去（4/23）
ベン・ジョンソン、『著作集』を二つ折り本で出版

1619
リチャード・バーベッジ死去（3/13）

1620
独語訳の戯曲アンソロジー『イングランドの喜劇と悲劇』
出版

1621
フォーチュン座焼失（12/9）

1623
『ウィリアム・シェイクスピア氏の喜劇、歴史劇、悲劇』
（ファースト・フォリオ）出版
ウィリアムの妻アン、死去（8/6）

地名索引

作品名索引

人名・劇団名索引

[著者紹介]

井出　新（いで　あらた）
1960 年京都生まれ。慶應義塾大学文学部教授、日本シェイクスピア協会元会長。専門はルネサンス期イギリスの演劇、文化、及び宗教。
[著書] *Localizing Christopher Marlowe: His Life, Plays and Mythology, 1575–1593*（D. S. Brewer 2023）他
[編著]『大修館シェイクスピア双書第二集　冬物語』（大修館書店 2023）他
[翻訳] N. T. ライト『新約聖書講解・すべての人のためのマタイ福音書2』（教文館 2023 年）、ベン・ジョンソン『浮かれ縁日』（国書刊行会・共訳 1992 年）他

シェイクスピア、それが問題《もんだい》だ！
——シェイクスピアを楽《たの》しみ尽《つ》くすための百問百答《ひゃくもんひゃくとう》

NDC932／x, 131p ／19cm

初版第1刷——2023 年 11 月 1 日

著者————井出《いで》　新《あらた》
発行者————鈴木一行
発行所————株式会社 大修館書店
〒113-8541　東京都文京区湯島2-1-1
電話03-3868-2651（販売部）03-3868-2293（編集部）
振替00190-7-40504
[出版情報] https://www.taishukan.co.jp

装丁・本文デザイン————井之上聖子
印刷所————広研印刷
製本所————ブロケード

ISBN978-4-469-24671-1　Printed in Japan